Baumschläfer

Roman

von Christian Duda

Wladimir	Warum soll man ihm mehr glauben als den anderen?
Estragon	Wer glaubt ihm denn?
Wladimir	Mensch, alle! Man kennt nur diese Version.
Estragon	Die Leute sind blöd!

Samuel Beckett, Warten auf Godot

Aktenlage

1
Anklage

1.1

Freitag, der 24. Januar 2014 ist für Marius Kohlstetter ein besonderer Tag. Es ist der Tag, an dem seine Mutter stirbt, der Tag, an dem er sein Blut, ihr Blut über die Straße trägt, quer über die Fahrbahn, auf die andere Seite in das Büro, vorbei an aufgerissenen Augen und Mündern, direkt zu der Tür mit dem Zeichen, das sogar die kleinen Kinder verstehen.

Er setzt sich vorsichtig auf den Toilettendeckel

Ich will nicht alles schmutzig machen.

und malt rote Kleckse ins Weiß.

»Junge! Was ist passiert?«

Fabian, der Fabi für seine Kollegen, stürzt zu ihm, fragt komisches Zeug, doch Marius Kohlstetter sieht Fabian nur verwundert an.

Es geht nicht um mich.

»Musst Mama helfen. Er bringt sie sonst um.«

Fabian wiederholt seine Frage: »Was ist passiert?«

Sieht er es nicht?

»Musst Mama helfen!«, bittet Marius.

An diesem 24. Januar 2014 verstreicht wertvolle Zeit auf der Toilette der Konstadidis Versicherungsagentur, wo Fabian Schmidt, Auszubildender in seinem letzten Lehrjahr, nach Hilfe schreit.

Mama braucht Hilfe. Nicht ich.

Über Fabians Schulter hinweg wird ein Handtuch gereicht. Marius starrt aufs Handtuch. Er sieht das saubere, adrette Gesicht des Lehrjungen und weißes Frottee, dahinter verschwimmt das Bild.

»Du wirst jetzt nicht ohnmächtig! Ja? Bitte nicht!«

Wieso hilft er ihr nicht? Sieht er denn nicht, wie dringend es ist?

Hinter Fabian, keine 20 Meter entfernt, auf der anderen Straßenseite im Erdgeschoss, rechts, dort irgendwo unter diesem grau-blauen Himmel eines windstillen 24. Januar 2014 liegt Mama und braucht Hilfe.

Das Handtuch ist weiß.

Er merkt, wie lächerlich diese Feststellung ist.

Die Flecken kriegst du nie wieder raus.

Er lacht nicht.

Er hilft nicht.

»Du musst Mama helfen.«

Hab ich das nicht gerade gesagt? Hab ich es vergessen zu sagen? Reiß dich zusammen, Marius! Hast du etwa wieder nur geträumt? Hast du dich etwa wieder mal nicht konzentriert? Mach endlich den Mund auf, Junge! Tu! Was!

Noch am 23. Januar 2014,

Gestern

als seine Mutter noch lebte, lamentierte Vater: »Was soll nur aus dir werden, Junge, wenn du immer nur träumst?«, und seine damals noch lebendige Mama

Gestern

setzte ernst hinzu: »Konzentrier dich bitte, Marius!«

Noch ist sie nicht tot.

Er schreckt hoch. Er versucht aufzuspringen. Er will dem

blutigen Stillstand entkommen, hin zu »Muss Mama helfen!«, dorthin, wo, wie er weiß – und nur er weiß das im Moment –, noch mehr Blut ist, sehr viel mehr Blut, alles voller Blut!

Und bald wissen es alle.

Es fehlt die Kraft, und was von seinem Wunsch übrigbleibt, sieht für Fabian wie ein Krampf oder Anfall aus. Fabian schreit. Sein blankes, junges Gesicht ist schreckweiß und diese hilflose Verzweiflung in Fabians Gesicht

Wieso hilft er nicht?

lässt wiederum Marius brüllen:

»Du musst Mama helfen!«

Brüllt er? Marius glaubt, dass er brüllt. Zum Brüllen aber fehlt ihm längst die Kraft. Da ist ein Sirren neben seinen Ohren. Zuerst links, aber dann verliert »links« seine Bedeutung und das Sirren ist überall. Oder ist es links so laut, dass man es auch rechts hören kann?

Gerade sagt Fabian etwas.

Konzentriere dich!

»Die Polizei ist da«, sagt Fabian.

Siehste? Brüllen hilft!

Der Arm da, neben Fabians Schulter, wo eben noch das Handtuch war, der ist neu, der war da bis gerade eben nicht. Er steckt in einem blauen Ärmel. Die Farbe kennt Marius und diese Handschuhe kennt er auch.

Polizei! Endlich!

Er bricht zusammen und Fabian denkt: So sieht Sterben aus!

Doch da hat Fabian falsch gedacht.

Polizei Mama Rettung

Aber auch das ist falsch gedacht.

Ein Sanitäter stößt Fabian grob beiseite und kniet neben dem ohnmächtigen Jungen. Ein anderer fragt laut in den panischen Raum: »Wie heißt der?«

Und weil niemand seinen Namen kennt, schreit der Sanitäter jetzt nur noch: »Du? Du? Nicht einschlafen! Du!«, während der andere Sanitäter das Sweatshirt aufschneidet und Stichwunden zählt.

»Lunge«, sagt er leise und der Kollege antwortet: »Bahre. Schnell.«

Die wissen, was sie tun.

1.1.1

Auf der Straße steht Jürgen Kohlstetter, Marius' Vater und der Bösewicht dieser Geschichte, die nicht nur irgendeine Geschichte sein will. Er hebt das blutige Messer in Richtung – schwer zu sagen, welche Richtung, die Meinungen gehen auseinander. Wahrscheinlich hat er gefuchtelt.

Die Axt in der anderen Hand ist blutbeschmiert oder: Diese Axt ist überhaupt nicht da.

Einige Augenzeugen beschreiben die Axt, andere haben nirgends eine Axt gesehen.

»Echt nicht.«

Aber Jürgen Kohlstetter steht auf der Straße, blutig mit einem blutigen Messer und eventuell eben auch einer Axt, während sein Sohn Marius im Eiltempo in den Rettungswagen getragen wird.

»Nein, der war da schon längst weg.«

War er?

»Ich bin mir sicher!«

»Ich aber auch.«

Tatsächlich wird Marius im raschen Schritt zum Krankenwagen gebracht, die Türen hastig zugeschlagen. All die gezückten Handys kamen zu spät.

»So schnell waren die …«

Und die Augenzeugen nicken traurig, weil sie alle zu spät kamen.

Der Rettungswagen fuhr in rasanter Kehrtwende an, das erinnern alle, das Tempo und das Manöver. Das Blaulicht springt noch auf den ersten Metern an. Die Sirene kommt erst, als der Wagen ganz am Ende der Straße die Kurve nimmt. Das bestreitet niemand.

»Stimmt, da hast du recht.«

Und dass ein Schuss fällt, Jürgen Kohlstetter zu Boden stürzt. Das weiß man auch.

»Beinschuss, das Arschloch.«

Ob er sich den Beinschuss wegen des Messers oder doch der Axt wegen gefangen hat, darüber wird man sich nicht mehr einig. Im Gegenteil ist man sich sogar lange böse, weil …

Wieso eigentlich?

»Weil die nicht recht haben! Stimmt einfach nicht!«

Immerhin sind sie beim »Arschloch« wieder einer Meinung.

Der Kohlstetter, ein Arschloch! Das weiß ein jeder hier in der Straße. Denn Jürgen Kohlstetter, der Täter einer bösen Tat, die diese Art Geschichte braucht, um erzählt zu werden, er war »bekannt wie ein bunter Hund«.

Dass mit dem was nicht stimmt, dass der irgendwann mal durchdrehen, dass der gefährlich – ein Arschloch eben.

Mutter Kohlstetter findet man erst danach, lange nach dem

Schuss aufs Arschloch, lange nachdem der Krankenwagen »Lüü lala und um die Ecke ...«

»Nein, ab und davon ist er!«, erklärt eine Sie.

»Mein ich doch!«, schreit Lüü lala und dann schreit er weiter: »Bei der Kohlstetter ...«

»Die Tote meint er«, pflichtet ihm eine ganz andere bei.

»... kam jede Hilfe zu spät.«

»Aber das wissen die ja schon!«, ist das wütende Resümee empörter Mitbürger.

Dann gehen die Aussagen wieder durcheinander, aber das interessiert niemanden. Die Kugel hat sich dieses Arschloch verdient, sagt ein Publikum, das Schießereien bisher nur aus dem Fernseher kannte, denn in der Verwunderung sind sich alle wieder und sogar wortwörtlich einig:

»Schüsse klingen in echt ganz anders!«

1.1.2

Der Auszubildende Fabian will nicht über das Erlebte sprechen. Der 24. Januar 2014 bleibt auch ihm unvergessen. Er sieht Marius ins Büro kommen. Die Szene verfolgt Fabian, doch mal stürzt Marius, mal taumelt er herein oder er steht plötzlich da. Die blutigen Auftritte ändern sich in seinem Kopfkino ständig. Die Kacheln in der Toilette hingegen bleiben für ewig rot. Das Blut kann Fabian nicht vergessen. Und seine eigene Hilflosigkeit, die seither an ihm wie Teer klebt, die er in seinen Träumen immer wieder durchleidet und streng verhandelt.

»Warum hast du denn nicht mehr getan?«, wirft er sich

im Schlaf vor und trägt diesen Vorwurf durch die folgenden Tage und Wochen. Durch sein weiteres Leben.

Sein Lehrherr Konstadidis gibt an Fabians Stelle die Interviews, spricht von »wir« und wiederholt mit präzisen Worten diesen Schreckensmoment mit dem blutenden Jungen und dem armen Fabian, der sich gleich gekümmert hat.

»… der Junge redete nur wirres Zeug. Dem Jungen ging es sehr schlecht. Dem Jungen, ja, entfällt mir doch ständig sein Name«, so Herr Konstadidis und dann erklärt er den Journalisten auch noch, dass »der Fabi mit niemanden darüber reden will. Schlimm.«

1.2

Marius Kohlstetter erwacht irgendwo und hört nichts. Keine Stimmen, kein Sirren, nichts. Vorsichtig öffnet er die Augen, sieht wieder nur Weiß,

Wo bin ich?

das er wieder nicht fokussieren kann,

Tot?

und es ist dieses unbestimmte mehlige Weiß der Krankenzimmerdecke, das ihm erinnern hilft.

Muss Mama helfen!

Eine Tür wird geöffnet. Das hört er.

Bin ich tot?

Und sieht einen Kopf und am Revers eines weißen Kittels ein weißes Schild, worauf »Der Ernst« geschrieben steht und erst nach einem zweiten Blick ist das ein Großes-D-kleines-r-Punkt.

Dr. Ernst

Ein Doktor also.

Der Ernst bleibt aber hängen.

»Wie geht es dir?«, fragt der Doktor ernst und schlägt die Bettdecke beiseite.

Wie es mir geht?

»Wie geht es Mama?«

»Hör zu, Marius.« Er sieht rasch auf dem Patientenblatt nach. »Du heißt doch Marius?«

Für den Arzt heißt Marius eigentlich »der Pneumothorax«. Wie in allen mechanischen Berufen haben sich auch die Mediziner angewöhnt, Patientennamen durch deren Defekte zu ersetzen, nicht vom »roten VW Golf GTI«, sondern vom »Bremszylinder vorne rechts« zu sprechen, nicht »Toaster«, sondern »Kabelbrand« zu sagen.

»Schwester Gisela! Wie heißt der Pneumothorax?«

Marius heiß ich. Stimmt.

»Ich bin dein Arzt.«

Und was bin ich?

»Du bist mit Stichverletzungen hierhergebracht worden. Ich habe dich gestern operiert und muss dich jetzt untersuchen. Ist Routine. Ich weiß nicht, wie es deiner Mutter geht. Draußen warten aber schon Leute, die mit dir sprechen wollen.«

Mit mir wollen sie sprechen. Warum nicht mit Mama?

Das Stethoskop wird an seinen Rippen entlanggeschoben. Dr. Ernst verlangt tiefes Atmen. »Luft anhalten!«, befiehlt er nun und augenblicklich weiß Marius, wie es ihm geht.

Das tut weh.

Verwundert entdeckt er eine Nadel in seiner rechten Armbeuge, folgt dem Schlauch nach oben bis zum Beutel, findet kurz darauf auch einen zweiten Schlauch, der aus seiner Körpermitte schmieriges Rot blubbernd unters Bett führt.

Da wird Mama erschrecken, wenn sie mich so sieht.

Er liegt auf weißem Laken, trägt ein weißes Hemd, unter dem dünne, weiße Beine hervorschauen.

Meine Beine.

Auch wenn sie sich nicht so anfühlen. Dann sieht er seinen dunklen Pimmel zwischen diesen Beinen liegen.

Wo ist meine Unterhose?

Die Scham schlägt zu, schlimmer noch als der Schmerz beim Luftanhalten. Er will nach der Decke greifen, doch sein linker Arm reagiert nicht und da sieht er endlich den dicken Verband vom Handgelenk bis zur Schulter.

Was ist das?

Eine Krankenschwester springt aus dem weißen Nichts hervor,

Und wo kommt die jetzt her?

beugt sich über ihn, flüstert »Warte, ich helfe dir«, schlägt den Saum eines Nachthemds über seine Eichel.

Wieso trag ich ein Nachthemd?

Er sieht sie verdattert an und dann scannt er panisch den Raum, guckt, ob da noch mehr Menschen warten, um ihn zu sprechen, ihm zu helfen, Menschen, die nur darauf warten, einen Blick auf seinen Schwanz werfen zu dürfen. Da wartet aber niemand mehr.

Stimmt, sie warten vor der Tür.

Dr. Ernst leuchtet mit einer Taschenlampe in Marius' Augen.

Der starrt durch mich hindurch.

Als er dort genug gesehen hat, richtet er sich auf und vermeldet Erfolge.

»So, alles gut«, lärmt der Doktor Ernst, »die Operation ist nach Schulbuch verlaufen, obwohl du viel Blut verloren hattest. Der Stich in deine Lunge machte uns natürlich große Sorgen, aber auch das haben wir gut in den Griff gekriegt ...«

Haben wir oder hast du? Du ganz allein.

Der Doktor redet über ihn hinweg, als würde er zu einem großen Publikum im Hintergrund sprechen.

Oder zu einem Idioten. Der Doktor ...

»... referiert«, würde Marius jetzt gerne denken, aber dieses »referiert«, das er schon irgendwann mal gehört hat, es fällt ihm gerade nicht ein. Stattdessen wird daraus:

Der Doktor labert.

»Hast du noch Fragen?«

Nur die eine Frage, die du mir nicht beantworten willst.

Marius sucht den Blick der Krankenschwester. Der Arzt folgt diesem Blick und sieht jetzt auch zu ihr. Sie ahnt, was Marius fragen will, sie erschrickt über die Ahnungslosigkeit des Mediziners und starrt entsetzt zurück.

Da endlich versteht der Arzt, rennt zur Tür, rennt hinaus, lässt die Tür offen

Für wen lässt er die Tür offen?

und nur die Krankenschwester bleibt.

Alles weiß. Nur ich nicht.

Fremde Männer kommen. Zwei Männer.

»Hallo, Marius.«

Da schau an: Die kennen mich.

»Ich bin der Andreas.«

Und ich bin Marius, aber das weiß der Andreas schon.

»Hi, und ich heiße Jörg.«

Jörg klingt wie Jürgen und Jürgen heißt der Mörder, der gestern meine Mama umgebracht hat.

Schwer zu sagen, ob Marius die Wahrheit in dem Moment erkannte, als die Krankenschwester ihn so erschrocken ansah, oder kurz darauf, als der Andreas mit Jörg ins Zimmer kam, oder doch erst, als sie es endlich in mühsamen Sätzen ausgesprochen hatten.

»Deine Mutter ist ihren schweren Verletzungen erlegen.«

Hatte er es schon gewusst, als Dr. Ernst behauptete, dass er nichts weiß? Wusste Marius es, bevor er es wissen konnte?

Hab ich es schon immer gewusst?

Dass er sie irgendwann umbringen wird.

Die Verzweiflung kommt, wie der erste Schmerz beim tief Einatmen. Schmerz, Scham, Verzweiflung, der Tod – sie waren längst im Raum und warteten geduldig darauf, von Marius beachtet zu werden. Der Reihe nach und immer einer nach dem anderen.

Marius spürt etwas – nein, keinen Schmerz – und trotzdem weint er jetzt. Der Andreas, Jörg und die Krankenschwester schauen ihm dabei zu. Langsam verschwimmen sie Zwinkern um Zwinkern, und besser wäre es gewesen, sie wären verschwunden oder wenigstens in Tränen aufgelöst. Wie er.

»Sie ist ihren schweren Verletzungen erlegen.«

Was für eine Scheißart, es zu sagen!

Ein Seelsorger kommt. Die Krankenschwester sagt »Seelsorger«. Sein trauriges Gesicht trägt er mit großer Selbstverständlichkeit zu den Kranken und Verletzten. Marius traut ihm nicht.

Wieso nennt sie ihn nicht einfach Pfarrer? Die schwarze

Farbe gehört zum Job, die Klamotten sind eine Uniform. Der hat heute bestimmt schon gelacht. Mehrmals hat der gelacht.

Und tatsächlich erinnert seine Trauer an ein übertriebenes Grinsen. Der Pfarrer behauptet traurig:

»Es tut mir so leid. Sie ist von uns gegangen.«

Was für eine Scheißart, es zu sagen!

Er harrt eine Zeiteinheit neben dem schweigenden Marius aus und geht »mit Gott«.

Endlich geht er.

»Dein Vater hat sie getötet«, erklärt ein Polizist ohne Uniform und ohne Umschweife später die Wahrheit und Marius antwortet laut auf Doktor-Ernst-Art mit »Danke!«.

Ob der Polizist Familie hat? Ob auch er auf seine Frau und seine Kinder einstechen könnte? Oder hätte so einer die Pistole genommen?

1.2.1

Er spürt Druck in seiner Blase.

»Ich muss pinkeln«, murmelt er vor sich hin.

Auch das merke ich zu spät.

Seit er Haare am Sack hat, sagt er eigentlich nur noch »Pissen«, weil ihm »Pinkeln« zu kindisch klingt. Jetzt sagt er plötzlich wieder Pinkeln und es fällt ihm auch gleich auf.

Muss pinkeln, Mama ...

Dann geh. Bist ja schon ein großer Junge.

Geht nicht. Mein Arm lässt sich nicht anwinkeln, baumelt an mir herunter, genauso wie dein Arm, Mama. Seit

deinem Schlaganfall. Im anderen steckt 'ne Nadel, schau doch; hier hängt ein Schlauch samt 'nem Beutel dran und da auch noch dieser Galgen und dann dieser andere Schlauch. Hab keine Ahnung, wo der drinnen steckt oder wo der aufhört. Weiß nichts. Weiß nur, dass ich so nicht losmarschieren kann. Weiß nicht mal, wo die Toilette ist … keine Ahnung! Ist alles neu für mich.

Die Krankenschwester sitzt in einem Stuhl neben seinem Bett. Sie sieht in ihr Handy, starrt konzentriert in fröhlich zuckende Bildchen. Die kann er nicht fragen, sie ist eine Frau.

Muss pinkeln, Mama.

Wie alt bist du? Steh auf und geh! Bist kein Baby mehr.

Geht nicht. Guck doch hin, Mama. Kann mich kaum bewegen.

Kann nicht gucken, Marius. Ich bin nicht mehr.

Ich weiß. Du bist tot.

Ich weiß, dass du es weißt, mein lieber Sohn.

Aber mehr weiß ich nicht, Mama.

Die Krankenschwester lächelt immer noch über ein lustiges Welpen-Filmchen in endloser Schleife. Marius sucht nach dem passenden Wort und entscheidet sich für »Muss mal«.

»Du darfst nicht aufstehen. Aber ich helf dir. Kein Problem«, antwortet sie und lächelt jetzt Marius an, als wäre er der tapsige Hund, der seinem Schwanz ergebnislos hinterherjagt. Immer und immer wieder. Sie öffnet eine Schublade, holt eine Plastikflasche hervor, zieht die Bettdecke weg, nimmt seinen Pimmel in die Hand und stülpt die Flasche drüber.

»Keine Eile!«, hört Marius, während seine Ohren pochen. Donnern.

Was, wenn es doch ganz schnell geht?

Sie ist jung.

Tits.

Sie ist hübsch.

Riecht gut.

Sie fasst seinen cock an.

Security check: Über 18? JA! Nurse, head und – bloß nicht vergessen!!! – den Verlauf anschließend löschen.

Marius kann nicht vergessen, was Marius bis gestern noch geträumt hat, am Tag und in der Nacht. Er weiß genau,

blonde, ebony, mom

was sein Pimmel tat in den unmöglichsten Momenten, wenn es überhaupt nicht passte und auch nachts. Vor allem nachts oder wenn er mal den Computer ungestört nutzen durfte.

Enter, cum, delete

Marius weiß, wie er seinen cock angepackt hat, während er davon träumte, dass Franzi von nebenan oder Samira aus der Oberstufe oder die asiatische Krankenschwester mit den Strapsen und dem Häubchen und dem roten Kreuz auf der Brust, genau an jener Stelle, wo Jürgen Kohlstetter am 24. Januar 2014 ein Messer rein …

Blow Job, abspritzen, Taschentücher?

Er denkt an Taschentücher und muss nicht lachen. Er weiß, wozu er Taschentücher braucht, neulich noch gebraucht hatte. Gestern früh zum Beispiel, am Morgen bevor

meine Mama von Jürgen Kohlstetter erstochen wurde. Ob sie deswegen starb? Hab ich zu viel gewichst? Wird das bestraft? Gibt es wirklich einen Gott, den so was kümmert? Und dann Rache nimmt.

Die Flasche liegt zwischen seinen Schenkeln, er spürt die warme Pisse in der Flasche aufsteigen, spürt die Flasche immer schwerer werden, spürt Panik aufsteigen und merkt, dass all das doch nur eine Erinnerung ist. An gestern noch. Doch gestern ist lange her.

Ich bin viel zu schlapp.

Als sich seine Blase entleert hat, sagt er es genauer:

»Ich bin fertig.«

Er hat nicht mal Kraft für ein Ausrufezeichen.

Sie nimmt ihm die Flasche ab, hat tatsächlich ein Papiertuch in der Hand, wischt kurz drüber und Marius wäre rot geworden, wenn er nicht am Tag zuvor so viel Blut verloren hätte, weil Jürgen Kohlstetter ...

Sieh es halt mal von der positiven Seite.

1.2.2 ~~tipselig~~ *verwinte Stimmung*

Nach ein paar Tagen steht auf dem Patientenblatt:

Der Patient darf wieder aufstehen.

Nach ein paar Tagen steht auf dem Patientenblatt:

Der Patient sucht allein die Toilette auf.

Noch später:

Duscht.

Dann:

Der Patient isst mit normalem Appetit.

Die technischen Werte sind auch vermerkt: Baujahr, Farbe, Gewicht, Höchstgeschwindigkeit, Verbrauch, Wiederverkaufswert.

Marius macht abgezählte Schritte zu festgelegten Zeiten, er soll – Schritte üben im Gang – Gummiball drücken (vor allem mit der li. Hand üben).

Genau so steht es auf dem Patientenblatt.

»Der Ball bleibt hier bei dir. Nimm ihn einfach, wenn dir danach ist. Besonders die linke Hand, du musst den verletzten Arm trainieren! Ja?«

Wenn mir danach ist.

»Hast du geübt?« Nicken.

Ist es überhaupt eine Lüge, wenn man beim Lügen nicht spricht? *selpst Lüge*

Er sieht zum Fenster raus, als jemand »Happy Birthday« singend eine schwebende 15 an seinem Krankenbett festbindet.

**15 Jahre alt **

So viel Englisch versteht er natürlich.

Happy ending

Er kann dem Gratulanten nicht böse sein. Wie auch? Er kennt ihn nicht. Während der Typ die Helium-15 festbindet, fragt sich Marius kurz, wer das ist, der das tut. Er ist sich nicht sicher, ob er diesen Mann schon mal gekannt oder wenigstens gesehen hat.

Früher? Ein Freund von Mama?

Ist das ein Krankendingens? Ein festangestellter Geburtstagssänger aus der Sozialstation, Sonderabteilung »Lebenskrisen an Jubeltagen«? Ein »egal wer, einer muss es schließlich machen«? Gleichgültig stellt er fest, dass es ihn nicht interessiert, wer dieser Mensch ist.

Der und alle anderen.

Marius entfallen Namen und mit den Namen die Gesichter. Er will sich auch keine neuen Namen merken und alle Gesichter sind ihm irgendwann gleich.

Happy Birthday singt gerade jemand. Jemand setzt sich

neben Marius auf den Matratzenrand. Jemand streichelt ihn.

Meine Hand

Marius hört den Gesang und spürt das Kratzen fremder Fingernägel auf seinem Handrücken.

Fingerspitzengefühl, Spingerfitzenfegühl, Tzingergühlspezenfi *Verwirrtheit*

Das Streicheln schmerzt.

Tut es mir weh oder dieser Stelle da auf meiner Hand?

Ein Windstoß dreht die 15 um und jetzt schwankt eine 21 über seinem Kopf. Oder sieht es aus wie ein ?!. Er schaut nicht hin, und es wäre ihm auch egal gewesen, wenn er es gesehen hätte. Der Mann aber springt empört auf und macht es wieder gut. Eine Pflegeeinheit später geht der Mann zum Nächsten.

Geburtstag? Begurtsgat? Teturbsgag!

1.2.3 *Mütter kennen lernen*

Siehst mich nicht an. Weißt, was ich gerade denke. Du siehst nicht her, weil du das weißt!

»Hallo, Marius.«

»Hallo.«

Esthers Blick scheuert über den Boden, gebeugt steht sie im Zimmer gleich neben der Tür, als würde sie schon den Rückzug planen. Marius sieht nur ihren Scheitel und ihre hängenden Schultern.

Ich kann nicht vergessen, was ich weiß. Und du?

»Wie geht's, Schwesterchen?«

Esther hebt erschrocken den Kopf.

Ich hab Schwesterchen gesagt. Wieso hab ich Schwesterchen gesagt?

Sie sieht sich kaum noch ähnlich. Esthers Gesicht ist vom Bedauern und Trauern ganz entstellt.

Nichts hast du vergessen.

Das ist eine Fratze, und Marius, den kaum noch etwas interessiert, erschrickt über dieses andere Gesicht.

Und ich? Was ist mit meinem Gesicht?

Doch Esther verrät es ihm nicht!

Sie erinnert ihn an Mama gleich nach ihrem Schlaganfall, als Mamas linke Gesichtshälfte leblos nach unten hing und links und rechts nicht mehr zusammenpassten. Esther sah ihrer Mutter nie besonders ähnlich, aber jetzt wären sie ähnlich entstellt.

Wenn Mama noch leben würde.

Esther starrt ihn angestrengt an.

Kann man mit 12 überhaupt einen Schlaganfall kriegen?

»Mama ist tot«, sagt Esther plötzlich und die Hand eines Mannes hebt sich langsam und legt sich genauso langsam auf Esthers Rücken.

Verwundert sieht Marius den Fremden an.

Ist das ihr Neuer?

»Wer ist er?«, fragt Marius laut nach und der Typ starrt verwundert zurück und fragt seinerseits: »Erinnerst du dich nicht? Ich bin's – Andreas. Ich war hier schon ein paar Mal. Mit Jörg?«

Jörg klingt wie Jürgen.

»Erinnerst du dich jetzt?« Marius zuckt mit den Schultern.

Er benimmt sich wie ihr Freund. Warum fasst er sie sonst so an? Seine Hand auf ihrem Rücken.

»Wie geht es dir?«, will Esther wissen.

Wieder zuckt er nur mit den Schultern.

Wer will das wissen? Wer?

Esther steht an der Tür, ist keinen Schritt näher gekommen. Andreas' Hand plumpst zurück an seine Hosennaht, wo sie ausbaumelt. Die beiden stehen da wie Partygäste, die sich selbst eingeladen haben.

Was wollt ihr hier?

Esthers Blick sucht wieder den Boden ab. Andreas hebt kurz zu einem Lächeln an, lässt es aber gleich wieder fallen, macht einen Schritt, tritt das Lächeln wie eine Zigarette aus, macht noch einen Schritt, steht direkt neben Marius

Los!

und sieht ihn mit weit aufgerissenen Augen an.

Na los! Sag schon!

»Hast du Schmerzen?«

Kopfschütteln.

»Ist alles in Ordnung?«

Nicken.

»Willst nicht reden?«

Ist alles in Ordnung. Alles.

Andreas sucht Esther, findet sie an alter Stelle, da sie sich nicht bewegt hat. Unglücklich, immer noch, steht sie dort, immer noch.

Wie immer! Sie steht nicht gerne. Wusstest du das etwa nicht, Andreas? Sie hilft auch nicht gerne. Überhaupt: Esther ist eine faule ...

»Esther ist zwölf«, widersprach Mama immer, wenn Marius vor Wut über seine störrische Schwester nicht mehr an sich halten konnte.

Aber …

»Sie ist erst zwölf!«, wiederholte Mama und Marius wiederholte in Gedanken, was nur Vater laut sagte:

Eigentlich brüllte er es immer.

»Und ihr Freund ist 30! Ein erwachsener Mann.«

Während Marius' Sexpartner allesamt im Internet wohnten, hatte seine kleine Schwester einen boyfriend, mature, real. Er hätte sich nie getraut, laut zu fragen, was sein Vater nicht nur betrunken und natürlich immer in wilder Wut herausschrie:

»Fickst du ihn?«

Teen, elder, horny

Esthers zwölfjähriges Nörgeln im Supermarkt:

»Wie lange noch? Wieso dauert das immer ewig, bis du mit Einkaufen fertig bist?«

Marius mit erwachsener Vernunft:

»Ich muss die Preise vergleichen, du dumme Nuss!«

»Das sag ich Mama.«

»Dann sag ihr aber auch, dass du mir nicht hilfst.«

»Ich soll nur beim Tragen helfen. Du Arschloch.«

Der Blick eines Verkäufers traf ihn. Nur ihn, da war er sich sicher.

Immer ich.

Vorwurfsvoll wurde er vom Filialleiter angesehen! In diesen Augenblicken sah jeder Mensch wie ein Filialleiter aus.

Pass auf deine Schwester auf! Du weißt doch, wie sie ist!

Sie ist eine faule …

Zwölf ist sie, Marius. Zwölf! Und du, Marius, du bist schon 14.

Der Supermarktbesitzer starrte nur ihn an. Marius war verlegen, Esther grinste frech. Er hätte ihr gerne eine reingehauen.

Ich schlage nicht.   *Absolutes misstrauen*

Mit der Faust.   *vormarius*

Das durfte nur einer.

»Setz dich doch«, fordert Andreas sie auf. Esther sieht ihn erschrocken an.

Sie hat Angst, dass das hier länger dauert.

Andreas zeigt auf einen Stuhl direkt neben Marius' Bett.

»Da schau, Esther, da ist noch ein Stuhl. Kannst dich direkt neben deinen Bruder setzen. Komm.«

Sie schlurft verlegen nach vorne und hinterlässt eine große Leere gleich neben der Tür. Marius sieht dort Esthers Konturen langsam zerstieben wie Nebel.

Warum nur hab ich Schwesterchen gesagt? Hab ich doch noch nie.

»Ich bin heute mit Esther hergekommen, weil ich etwas mit euch beiden besprechen muss. Könntet ihr mich bitte ansehen, während ich mit euch rede? Ja? Danke.«

Esther, die ihren Blick stur auf Marius' Armverband gerichtet hat, reißt ihn mit einem heftigen Ruck weg

Wundpflasterruck, Rundstapflerwuck, Pflundwuckraster

und starrt nun mit der gleichen Intensität auf Andreas Mund. Marius folgt der Aufforderung mit jener Gleichgültigkeit, die ihn Andreas' Namen vergessen ließ und bald auch wieder vergessen lässt.

»Ich hab einen Platz für euch gefunden. Wir möchten, dass ihr zusammenbleibt. In eurem alten Viertel ist ein Heim mit netten Betreuern, die euch aufnehmen wollen. Ihr könnt also weiter in eure Schule gehen, eure Freunde treffen. Ihr kennt die Wege. Wie findet ihr das?«

Ich soll auf Esther aufpassen.

Sie heben die Schultern geschwisterlich und lassen sie auch gemeinsam wieder plumpsen.

1.2.4

Der Patient wird in gutem Allgemeinzustand nach Hause entlassen.

»Nach Hause« steht auf dem Patientenblatt.

1.3

Überall fremde Gesichter, alle starren ihn an. Vor ihm steht Esther und neben ihr ist ein Rücken. Andreas heißt der Mann zum Rücken.

Andreas?

Andreas spricht. Von Jugend und Jugendlichen immerzu, jugendlichen Heranwachsenden und so. Von Esther und Marius.

Wir sind Jugendliche und keine Kinder mehr!

Begriffe wie »die Neuen« und »Geschwister« fallen, gefolgt von Andreas' Aufforderung: »Jetzt stellt euch ruhig mal selber vor!« Zufrieden tritt er beiseite, als wolle er eine Bühne freigeben. Esthers Kopf fällt wie immer in Richtung Boden, Marius zuckt die Schultern.

Was soll's.

»Ich bin Marius und das«, er zeigt zu ihr und merkt, wie überflüssig diese Geste war, »ist Esther«, und merkt, wie überflüssig diese Worte waren.

Alle Worte

Kein Applaus, er ist erleichtert.

Ein anderer Mann zeigt auf sich und sagt: »Wir haben noch ausreichend Zeit und Gelegenheit, euch besser kennenzulernen. Hier erst mal eure Mitstreiter ...«

Dann nennt der Typ die Namen der Mitstreiter.

Der mag das Wort »Mitstreiter«.

Zweimal Mohammed, das fällt sogar Marius auf. Andreas mischt sich ein und will Sven vorstellen.

»Ach, hatte ich vergessen mich selbst vorzustellen?«, fragt Sven belustigt, und Sven ist der, der gerade die anderen vorgestellt hat. Plötzlich wählt Andreas stolze Worte, was auffällt, weil sie so unpassend sind:

»Der Svenni, ja, immer ein offenes Ohr. Wir zwei, ja, ja, kennen uns – auch schon Ewigkeiten. Ewig-keiten. Ein Freund. Ja.«

Kein Mitstreiter?

»So: Jetzt kannst du weiter erklären«, trompetet Andreas zum Finale, »bitte, lieber Sven!«

Die Kinder merken, dass Andreas mit diesen gewundenen Phrasen vor allem sich selbst beschreiben wollte.

Der Schwätzer!

Als wollte er dies alles vergessen machen, greift Sven forsch hinter Esther und zieht Marius in die Mitte.

Das tut weh! Pass halt auf!

»Damit ...

Was soll das?

… wir dich besser sehen können.« Sagt Sven und Marius steht plötzlich wieder im Fokus, gewaltsam hineingezerrt. Gezwungen! Er dreht sich verlegen vor aller Augen ab

Was sollte das?

und reibt sich demonstrativ den Arm. Tut es wirklich weh?, fragen sich die Zuschauer. Sie halten das, was wie Wehleidigkeit aussieht, für eine Schwäche.

Ich will nicht angegrapscht werden.

Da entdeckt Marius eine Veränderung in diesen Gesichtern. Von einem Moment zum anderen ist darin etwas Gemeinschaftliches, ein Gedanke, den sie alle teilen und der sie verbindet!

Sie sehen Messerstiche!

Marius sieht die Schlagzeilen zu diesen Gesichtern, eine Wand aus Schnappschüssen und tiefschwarzen Buchstaben, die er ohne Mühe aufsagen kann:

Familiendrama. Lebensgefahr. Sohn des Mörders. Einziger Zeuge.

Er schaut zu Esther und sieht:

12-jährige Geliebte von … (30)

Verschränkt die Arme, drückt den Rücken durch.

Marius K. – Wird er je wieder lachen können?

Er will keine Schwäche zeigen, während Sven ganz andere Fakten liefert:

»Hier ist unser Esszimmer, ist gleichzeitig unser Aufenthaltsraum, daneben die Küche. Ist eben eine Küche. Herd, Kühlschrank, Geschirr. Doch nun zu den Hausregeln …« Er lächelt Esther an, und Esther weiß, warum Männer sie anlächeln. Marius grinst mit, weil er nicht auffallen will.

Ob er weiß, was Esther für eine ist?

»Drei Toiletten für alle, zwei Gemeinschaftsbäder, getrennt nach Geschlechtern.«

Er weiß es ...

»Hier die Mädchen, oben die Jungs! Ihr seid alle angehalten, in Toiletten und Badezimmern nicht zu trödeln, damit auch alle pünktlich blablabla«, sagt Sven augenrollend und alle tun's ihm gleich, rollen blabla-plappernd mit den Augen. Aus Zuspruch oder weil man's nicht mehr hören kann, bleibt ihr Geheimnis.

»Ich gebe die Hoffnung nicht auf!«, meint Sven jetzt gutgelaunt und erntet Lacher, in die er mit einsteigt.

Esther sieht hilfesuchend zu ihrem Bruder, der den Witz aber genauso wenig verstanden hat.

Der sagt immerzu Mitstreiter, weil er das Wort Insassen vermeiden will.

»Na, ihr zwei? Habt ihr Fragen? Blöde Frage. Ich frage euch besser nicht, ob ihr Fragen habt. Ihr habt bestimmt Fragen. Fragt einfach, wenn euch danach ist. Irgendjemand wird schon Antwort geben können. Ich bin auch in der Nähe! Aber jetzt zeige ich euch erst mal die Zimmer und stelle euch eure Zimmergenossen vor.«

Aha: Keine Mitstreiter!

Sven hebt die Stimme: »Der Rest macht, was er gerade gemacht hat oder unbedingt noch machen wollte. Zum Beispiel: Hausaufgaben? Lernen?« Lautes Stöhnen dröhnt und darüber schreit er: »Die Sitzung ist beendet!«

Aus dem Stöhnen wird Brüllen. Der Lärm schiebt sich durch den Flur über die Treppe in die Zimmer, wo er nochmals aufbrandet und schließlich verebbt. Man spürt ihre Kraft

Wie Löwen brüllen sie.

und weiß sie sicher verwahrt.

Löwen im Zoo

Esther teilt sich ein Zimmer mit Melanie und Sudabeh. Sie verschwindet sofort darin, schiebt zielstrebig ihren Rollkoffer an verlegenen Mädchen vorbei und schließt die Tür hinter sich.

Die regelt das.

Sven nickt zufrieden.

»Läuft!«, sagt er.

Marius ist in einem Zimmer mit Boris und nur Boris. Ein Stockwerk über Esther bleibt er an einer Türe stehen. Draußen bleibt er stehen und schaut rein, wo Boris und Sven Schranktüren und Schubladen aufmachen, Kleiderbügel und Fächer zuteilen.

»Hier für Socken und so«, sagt Boris.

Dann zeigt er zu einem Bett, behauptet »meins«, zeigt zum Bett gegenüber und sieht zu Marius.

Meins?

Boris lacht, als hätte er diesen Gedanken gehört.

Der lacht.

Da spürt Marius etwas, was er schon lange nicht mehr empfunden hat, und folgt diesem Lachen ins Zimmer. Sven grinst sich eins und lässt die Buben mit einem weiteren »Läuft« alleine.

Marius atmet durch. Er setzt sich auf sein Bett.

Ist ganz schön klein hier.

Boris schließt die Türe und lehnt sich dagegen.

Auch er ist erleichtert, dass der andere weg ist!

Wieder lacht er sein kindliches Lachen.

Kann der Gedanken lesen?

»Kannst später alles einräumen«, meint Boris und zeigt auf die offenen Schubladen und Schranktüren, »mir egal ...«

Marius nickt, legt sich angezogen auf ein frisch bezogenes Bett,

Meins ...

streckt sich aus, streckt die Waffen und schläft augenblicklich ein.

Boris mustert den schmächtigen Jungen, bemerkt den anderen Geruch, lauscht dem anderen Geräusch. Muss ich keine Angst haben, denkt Boris, der selbst ein schmächtiger Junge ist und zudem einen Kopf kleiner. Er fällt auf sein Bett und liest in einem zerfledderten Asterixband. Mittendrin sieht er kurz über den Heftrand, kontrolliert den ruhigen Atem auf der anderen Seite, den erschöpften Körper des Neuen. »Muss ich keine Angst vor haben«, wiederholt er leise und kichert.

1.3.1

Seit dem ersten Tag rennt er durch Spaliere.

Der Schülerpulk teilt sich, er schreitet durch ihn hindurch. Doch hinter den Schülern stehen wieder nur Schüler und Lehrer natürlich, die alle plump starren und

Mich anstarren

diesen einen Schritt beiseitegehen und die Reihen hinter ihm sofort wieder schließen. Er geht durch Gesichter. Er streift Blicke. Er fühlt Wimpern in seine Richtung schlagen. Er geht immer weiter. Bis sich das Spalier ein letztes

Mal öffnet und er endlich das Tor ins Freie sieht oder einen Stuhl.

Im Kreis meiner Klassenkameraden.

Sagt man so und tatsächlich: Mitten im Kreis sitzt er. Im Türrahmen schweben Augenpaare, bis ein Lehrer zwischen sie fährt wie ein Barrakuda in die Sardinen und die Tür endlich schließt. Und dieser Lehrer oder diese Lehrerin kommt zuallererst zu ihm und

Hau ab, du Arschloch!

legt eine Lehrerinnenhand auf Marius' Schulter

hält die Lehrerhand zum Gruß hin

streichelt damit über seinen wunden Kopf

bleibt mit verschränkten Armen

bleibt stocksteif mit Händen an den Hosennähten oder Rocksäumen vor seinem Tisch stehen und sagt:

Halt's Maul, du Arschloch!

»Da bist du wieder!«

Sei still!

»Du bist endlich wieder da!«

Lass es!

»Schön, dass du da …«

Ja, ja

»Wieder da. Na?«

Jaa

»Gut alles? Oder soll ich?

Wirklich gut? Oder soll ich nicht?

Alles gut? Gut? Gut!

Ach du …

Willst nicht?

Gut. Ich lass dich mal, nicht wahr?«

Es ist, als pflanzten sie ein Schild in die Mitte der Welt, worauf geschrieben steht: Hier ist sie, die verdammte Mitte!

Eintritt frei!

Nun trägt auch Esthers Bruder einen hängenden Kopf durch ein allzu öffentliches Leben. Angestrengt starrt er auf Bodenleisten, Bordsteinkanten, Seitenplanken. Er versucht, die Welt auszublenden und sich nicht daran zu stoßen. Er übersieht die Schamlosigkeit, den coolen Spott der gescheitelten Protzfressen in den teuren Klamotten und mit Headphones, die sorgengekräuselten Augenbrauen und Stirnfalten der Mitfühlenden und – schlimmer noch – Mitleidenden.

Das Mädchentrio mit einer heulenden Leadsängerin stand direkt vor ihm.

Spuckweite

»Es tut mir so-so-so-so leid«, hatte sie geschluchzt.

Viermal »so!« Ist das nicht aus einem Lied?

Ihre Freundinnen schunkelten im Rhythmus der Worte mit.

Das ist bestimmt aus einem Lied.

Er stellt erschrocken fest, dass Sensationslust von Teilnahmslosigkeit nicht immer zu unterscheiden ist. Jemand zückt sein Handy, Gelächter irgendwo.

Gilt es mir?

Plötzlich sieht er überall Handys.

Vielleicht telefonieren sie.

Dann stehen sie genauso plötzlich mit dem Rücken zu ihm, reißen einen Arm hoch.

Selfies?

Er versucht all diese Gedanken, jeden Gedanken zu ignorieren, und muss wenig später sogar Marius-Marius-Rufe überhören.

Keine Lust!

Man hat eine Belohnung für den spektakulärsten Schnappschuss ausgelobt, und nicht wenige malen sich Siegeschancen aus, falls sie Marius' vorbeihuschenden Blick und sich selbst samt Victory-Zeichen im Vordergrund bewerkstelligen. Seine Weigerung hinzusehen, stachelt die Wettbewerber an.

»Schau her, du Opfer!«

Das bildest du dir ein!

Er kann nicht hochsehen, kann nicht antworten und erschrickt jedes Mal, wenn jemand durch diesen Panzer dringt; jene Lehrer zum Beispiel, die auf Antworten zu binomischen Formeln oder Klimazonen pochen.

Was willst du, Arschloch?

Und dann fährt Erkenntnis glühend heiß in ihn.

Benny

Der Benny starb beim Schulausflug. Eigentlich starb er auf der Fahrt. Blinddarm war geplatzt. Benny dachte, es sei eine Verstopfung. Im Bus hatten sie gelacht, wenn er vor Schmerz aufschrie. Gebrüllt hatten sie, als er meinte: »Was gäbe ich jetzt für einen Furz …« Was für ein Witz! Der war schon cool, der Benny. Er schaffte es gerade noch aufs Viererzimmer. Die Sorgen der Lehrer wischte er beiseite: »Schlafen. Alles besser morgen!«

Am nächsten Tag lag er tot im Krankenhaus. Die Lehrer boten Gesprächskreise an. »Wie wär's mit einem Gottesdienst?«

Wir schwiegen. Bis zum Ende des Ausflugs sprachen wir kein Wort über Benny!

In der Schule aber, gleich am ersten Schultag nach der Heimkehr, stürmten die Neugierigen auf die Augenzeugen ein.

Wir hatten plötzlich alle was zu sagen.

So viele Freunde hatte Benny im Leben nicht gehabt.

Oder der – wie hieß der noch?

Die Zeitung mit der Titelgeschichte vom Unfall hatten sie in die Schule mitgebracht.

Zuerst Benny, dann er, Münzes Sohn. Wie hieß der noch?

Bald ging auch das Gerücht um, dass der doch keinem Unfall zum Opfer gefallen war.

Die gleichen Buchstaben, nahezu die gleichen Worte benutzten sie dann für Mama. Später.

Wer spaziert schon auf 'nem Gleisbett?, fragten die Schuldetektive ins Halbrund und wurden für diesen Scharfsinn bewundert.

Drama, Schock, Augenzeugen – so stand es in den Zeitungen.

Dann gab es Gerüchte und neue Hintergrundinformationen.

Münzes Sohn. Wie hieß der nur?

»Denk mal scharf nach ...« – das war damals der Lieblingsspruch unter den Schülern.

»Niemals war das ein Unfall!!«

Aber was war es dann?

»Denk mal scharf nach!«

Selbstmord

Wochenlang kreisten die Gedanken um den Grusel dieses Wortes.

Und dann kam Esther.

Das hatten sie ihm ganz aufgeregt erzählt und vergessen, dass er auch Esthers Bruder ist. »Der alte Sack«, sagte jemand und er lachte mit. Nicht weil er musste, er wollte unbedingt darüber lachen!

Und jetzt?

Mama tot und Jürgen Kohlstetter ein Mörder.

Was passiert da gerade?

Denk mal scharf nach.

1.3.2

Der helle Tag ist überall, die Einkaufsstraße glänzt wie in der Werbung, nirgends fällt ein Schatten, selbst die Fußgänger verstecken ihren unter den Schuhsohlen. Ein starker Wind kommt von rechts und bläst die Falten aus den Planen mit den übertriebenen Farben, aus »Sonderangebote« und »Preisknaller«.

Marius dreht in den Wind ein und lässt sich schieben. In seiner Hand klebt Kleingeld. Er kann sich nicht entscheiden zwischen Streuselkuchen oder Softeis, Cola oder Schwippschwapp, bleibt in der Mitte der Straße, und irgendwann spürt er, dass es diese Mitte ist, die er nicht verlassen will. Hier hält er Abstand zu den Sonderangeboten und den Gesichtern der Flaneure und Schnäppchenjäger. Das Geld steckt er wieder ein und wischt sich den Handschweiß an seiner Hose ab. Übrig bleibt der Gestank billigen Geldes. Nur kleine Münzen miefen so penetrant.

Er liebt es, draußen zu sein, und will auch nicht allein sein. Er will Menschen sehen. Er will sie aber nicht sprechen. Er will gucken, denn Marius denkt sich dieses Gucken als das Gegenteil von Sprechen! Er steht lieber im Regen, als Schutz unter Kaufhausdächern oder Markisen zu suchen. Er hasst die warme Abluft an den Eingängen, wo aus Boden und Decke der Mief vergangener Vorteilswochen strömt. Marius erinnert sich an die Einkaufstouren mit Mama, als sie noch lange Strecken laufen konnte.

Vor ihrem Schlaganfall

Als sie noch lebte.

»Ist es wieder soweit?«, sagte sie jedes Mal kopfschüttelnd, wenn seine Hosen über die Knöchel oder der Pulloversaum über den Gürtel rutschten.

»Kannste nicht mal aufhören mit Wachsen?«

Er hatte diese Ausflüge in die Warenwelt gefürchtet! Mamas Ärger über Preise, unhöfliche Verkäufer, hässliche Klamotten, schäbige Qualität. »Das hält kein Jahr, das Zeug«, lamentierte sie zwischen anderen verzweifelten Müttern, worauf Marius sie erinnerte: »Was soll's? In einem Jahr passt das eh nicht mehr!«

Sie sah ihn damals lange an. Er wusste nicht, ob aus Ärger oder Stolz. Heute würde er es gerne wissen, damals war es ihm egal.

Dann kam der Schlaganfall.

Esther und er drängelten hungrig durch die Wohnungstür, Mama lag am Boden.

Zu Boden gestreckt!

Es sah aus, als hätte sie Thors Hammer in den Boden gehämmert! Die Augen verdreht, die rechte Hand

Die schlimme Seite

zitterte. Kinderpanik in der Diele, am Telefon. Jürgen Kohlstetter saß im Keller und ließ dort schon seit Tagen seinen Ärger über die Welt verrauchen, während seine Frau wie die letzte Anemone auf einem sterbenden Riff mit den Fingern zitterte.

»Was brüllt ihr denn so rum!!!«, schrie er seine Kinder an. »Man hört euch noch im Scheißkeller, als wärt ihr direkt neben mir …«

Es war ihm sofort peinlich. Auf die Knie sank er, neben seiner Frau kauerte er, horchte nach ihrem Atem, stand wieder auf und beruhigte die Kinder. Nicht in dieser Reihenfolge, er kniete, stand auf, kniete, fahrig und undeutlich alles – Kohlstetter ist Alkoholiker, die funktionieren nicht, wenn es drauf ankommt, auch wenn sie garantiert immerzu das Gegenteil behaupten werden.

»Alles ist gut!«, sagte Kohlstetter zu seinen Kindern, die ihm kein Wort glaubten, aber natürlich ihren Vater nicht enttäuschen wollten und schwiegen.

Das Maul hielten! Wegen ihm!

Esther wird sich das nicht verzeihen. Sie saß stumm neben Mama, streichelte ihr zärtlich das Knie, gelähmt von der Angst, jede festere Berührung würde ihre Mutter töten. Sah ihrem Vater zu, wie ihm in Zeitlupe einfiel, die Polizei anzurufen, nein, den Arzt, nein, die Feuerwehr. Ja! Die Feuerwehr, die 1-1-Scheiße, wie geht die Nummer?

Als Mama aus der Reha kam, die sie abbrechen musste, da Jürgen Kohlstetter unfähig war, die Kinder zu füttern, geschweige denn die Wohnung sauber zu halten oder auch nur das Saufen etwas einzuschränken, als Mama aus der Kur heimkehrte, hatte Esther ihre Lehren aus den letzten Wochen gezogen. Den Kohlstetter schaute sie nur noch an, wenn sie ihre Wut nicht mehr im Griff hatte.

»Du Versager!«, nannte sie ihn.

Er versuchte es natürlich mit Gewalt, da hatte er aber die Rechnung ohne die Sozialarbeiter gemacht, die, vom Elend

40

der Familie K. aufgescheucht, regelmäßig vorbeischauten und Kohlstetter in einfachen Worten erklärten, was Hausverbot und Sicherheitsabstand für ihn bedeuten würden. Für seine Zukunft.

Uns hat man nichts erklärt.

»Du altes Arschloch«, nannte ihn Esther, wenn »Versager« nicht ausreichte, und Marius war hin- und hergerissen zwischen der Sorge, Esthers Worte könnten die Familie vollends zerstören, und der Wahrheit.

Er ist ein Arschloch!

Mama nahm die Tochter beiseite, wollte sie erziehen. Bald bettelte sie. »Kannste nich machen, kannste nich sagen, is doch dein Vater.« Doch Esther küsste Mamas taube Backe, wimmerte: »Mama, ich liebe dich«, und blieb entschieden.

Er ist ein Arschloch! Wir hätten ihn erschlagen sollen.

Einmal nahm Esther mitten im Streit ein großes Messer in die Hand und rammte es Spitze voran in die Tischplatte. Der Kohlstetter hielt augenblicklich das Maul. Stolz war sie, dass er endlich Ruhe gab! Er erkannte, dass Esther keinen Fingerbreit nachgeben würde. Das hier, wusste er, geht ums Leben. Pubertierende sind unberechenbar, das wusste Jürgen Kohlstetter. Mehr wusste er nicht.

Seit Mamas Tod denkt Esther, alles sei ihre Schuld. Sie hatte ihn erst auf die Idee mit dem Messer gebracht. Diese Schuld verdreht ihr den Kopf, das Gesicht. Das ehemals hübsche Kind mit der elenden Fratze ist sie jetzt, weil ihr niemand sagt, dass sie keine Schuld trifft, weil niemand weiß, dass sie diese Schuld empfindet, weil sie mit niemanden über ihre Schuldgefühle redet. Weil-weil-weil säumt den Lebenspfad armer Kinder in ein ebenso beschissenes Erwachsenenleben, von der Wiege bis zur Bahre. Dazwischen müssen unzählige Täler und Einkaufsstraßen durchquert werden.

Marius in seiner Einkaufsstraße steht und starrt. In diesem grellen Farbenmeer muss ein dunkles Rondell einfach auffallen! Wie ein Schwarzes Loch rotieren die Klamotten über dem Trottoir. Der Wind schiebt das schwerbepackte Kleiderkarussell sachte an, das Schild in der Mitte verspricht »Hoodies in allen Größen« und »50 %«. Alle herabgesetzt, alle schwarz. Hin und wieder flattert ein Ärmel im Wind und sackt eine Vierteldrehung später wieder zurück in den Pulk. Als würde eine Klamottenpolonaise Marius quer über die Straße zuwinken.

Warum nicht …

Ein Kumpel hatte ihm den Trick erklärt.

Funktioniert immer. Trau dich!

Er greift ins XXL, zieht einen Hoodie raus, reißt das Preisschild ab und lässt es fallen, geht rein, hält Ausschau nach einer Verkäuferin und geht zu ihr.

Noch hast du nichts falsch gemacht. Beruhig dich!

Fragt die Verkäuferin: »Was kostet der?« Sucht das Etikett, wundert sich und nennt ihm den Preis: »Kosten alle gleich …«

Er bedankt sich. Geht raus, hängt den Kleiderbügel rein, aber nicht den Hoodie, den nimmt er nämlich mit.

Bloß nicht rennen!

Geht einfach weiter. Über die Straße. Erschrickt bei jedem Blick in seine Richtung. Will es sich nicht anmerken lassen und erschrickt trotzdem. Sein abwesender Blick, der harte Mund, so sieht schlechtes Gewissen aus. Und dann geschieht ein Wunder. Nach der überübernächsten Ecke

Noch eine, dann bist du sicher

bleibt er stehen, sieht zum Himmel, wie jemand, der das Wetter beobachtet, denkt tatsächlich

Ziemlich kalt geworden

obwohl die Sonne strahlt!

Kalt

und zieht das Ding an.

Wahnsinn!

Als könnte man sich Glück einfach überwerfen. Augenblicklich spürt er die Wärme, instinktiv zieht er sich die Kapuze über den Kopf und kommt zur Ruhe. Er rennt zum nächsten Schaufenster, dort kommt ihm ein schwarzer Sack entgegen. Marius winkt seiner gesichtslosen Kopie zu und die winkt zurück.

So cool.

Nie wird er dieses Bild vergessen und das Gefühl. Es fühlte sich nach jenen Umarmungen an, die er mit Mama nach einem Streit teilte. Er fühlte sich versöhnt in diesem Moment. Versöhnt irgendwie.

Ja

Er kann sich endlich wieder sehen.

1.3.3

»Was für ein cooles Teil!« Boris ist ganz aus dem Häuschen. »Gibt's das auch in Blau?«

»Die hatten nur schwarz.«

»Schwarz ist auch toll! Aber du hast schon schwarz. Ich mag ja blau eigentlich lieber. Glaube ich schon. Dochdoch.

Blau ist mir lieber. Sicher! Das richtige Blau natürlich nur. Nicht so ein Babystrampler-Blau, lieber das Nivea-Blau. Weißt du, was ich meine? Das dunkle, kein Schwarz-Blau, sondern richtig Blau. Tiefblau? Das wäre toll. Was meinst du?«

Marius nickt.

»Darf ich?«

Wieder Nicken.

Boris schlüpft in die Übergröße, seine Schultern drücken sich durch den Stoff. Er strahlt seine Kinderstatur voller Bewunderung im Spiegel an. Hebt einen Fuß

Warum macht er das?

und wiederholt: »Was für ein cooles Teil. Wie ein Mantel, nur lässig.« Plötzlich ist er ernst. Streng begutachtet er sich, dreht sich nach links und rechts, macht sogar Schritte auf den Spiegel zu, als wäre er so ein Titten-Model, lacht plötzlich wieder los und erklärt ganz aufgeregt:

»Hier kannste dir Löcher in die Bauchtasche schneiden und an deiner Nudel rummachen, ohne dass es einer merkt!«

Sogar Marius lacht und antwortet gutmütig:

»Nee, lass mal lieber. Irgendwann riecht's wie ein Wichslappen!«

»Boah, übel der Scheiß …«, imitiert Boris Tonfall und Gesten großer Jungs. Er, der noch nie gewichst hat, weiß immerhin, worum es geht und was sich gehört.

Dann dreht er sich zu Marius um, schmeißt sich bäuchlings auf dessen Bett, direkt neben seinen neuen Freund, und flüstert:

»Das ist das tollste Teil auf der ganzen Welt. Echt!« Marius ist ganz verlegen, und auch Boris merkt sofort, dass man dieses Kompliment für Betteln halten könnte. Also springt er wieder auf, zieht den Hoodie aus, gibt ihn Marius feierlich zurück und erklärt ein letztes Mal: »Leider ist er nicht blau!«

Fallgeschichte Boris W.

Neunzehnhundertweißnichtmehr, als Boris Becker triumphierend in den ausgetretenen Rasen sank, sprang gleichzeitig Boris' Vater aus dem Fernsehsofa und beschloss, dieses große Ereignis gebührend zu feiern.

»Party«, dachte dieser grobe Gockel, »es ist Zeit für eine Party.« Er rannte in den Flur, nahm den Telefonhörer in die Hand und ließ die Wählscheibe rotieren. Zehn Minuten später war die Bande informiert, der Grill stand schon seit Wochen auf dem Balkon und Holzkohle war – was für ein glücklicher Zufall! – auch noch da. Bier brachten die Kumpels mit und eine Würstchen-Kollekte war verabredet worden. Kühlschränke und Tankstellen wurden geplündert!

Drei Stunden später war die Party vorbei.

Ein Freund saß mit Jochbeinbruch im Warteraum eines Krankenhauses, Boris' Vater zum Ausnüchtern und zum »Schutze aller« in der Arrestzelle eines zuständigen Reviers.

Er hatte irgendwo zwischen Siegesrausch und drei Promille der versammelten Menschheit geschworen, seinen erstgeborenen Sohn Boris zu nennen. »Meine Idee!«, brüllte er noch tagelang. Die Partygesellschaft applaudierte. Der Jochbeinbruch aber meinte noch in der Sekunde vor seinem Jochbeinbruch: »Geile Idee. Mach ich auch!«

Sekunden später war die Fresse dick. Seine Idee auch das.

Noch in der Zelle schwor sich Boris Vater, dem Jochbeinbruch zuvorkommen zu wollen. Denn in einer Welt des Faktischen zählten nur Ergebnisse. Wie dieses berühmte 6:3, 6:7, 7:6, 6:4. Deswegen wollte er gleich am nächsten Tag eine fruchtbare und möglichst auch hemmungslose Frau suchen und den Sieg »unter Dach und Fach« bringen! Vorerst sank er aber zur Seite und schlief seinen Rausch aus.

19 Jahre später kam Boris zur Welt. Sein Vater hatte sich irgendwie an jenes unselige Namensgelübde erinnert. Glück muss man haben.

Und dann ging alles ganz schnell.

Gequetschte Finger, Oberarmbruch – da war Boris 14 Monate alt.

Gehirnerschütterung mit zweieinhalb.

Der Junge ist ein Schussel, hat zwei linke Füße. »Ein Pechvogel ist er«, erklärte seine Mutter der Polizei. Das immerhin war nicht gelogen. Alles andere, was seine Mutter von sich gab, war es. Boris' Vater hatte die richtige Frau gefunden.

Er blieb zuhause und sah fern, während sie den Jungen zur Notaufnahme brachte, den Jugendamtmitarbeitern die Hucke voll log, die das nur allzu gerne glaubten. »Voll kooperativ«, beschrieben sie die Mutter aller Lügen. Voll kooperative Frauen stehen hoch im Kurs bei den Ämtern! Voll kooperative Männer natürlich auch. Da aber Boris' Vater nie auftauchte, waren sie mit dieser Mutter zufrieden.

Boris Becker siegte da längst nicht mehr und Roger Federer ist kein Deutscher. Deutsch mussten seine Helden schon sein. Dann sah er in günstigen wie ungünstigen Momenten zum Buben an seiner Seite, drückte ihn in den günstigeren Momenten überschwänglich an sich oder …

Ungünstig dann!

»Ein Boris wird aus dir nie und nimmer!«

Die Nachbarn gaben es genauso zu Protokoll. Boris Vater war kein Leisetreter.

All die Verletzungen und Zitate stehen in der Patientenakte Boris W. und in den Fallakten gleichen Namens und teilweise in den Handnotaten und Reinschriften von Zeugenaussagen der Polizei. Niemand reagierte.

Bis zum Lungenriss.

Boris' Klassenlehrerin fasste zusammen, was sich im Nachhinein wie ein Zeugnis für die Sozialarbeiter, Polizisten und Pädagogen liest:

»Ich habe nichts mitgekriegt. Wir haben viele Kinder aus schwierigen Haushalten und Probleme über Probleme. Ich kann meine Augen nicht überall haben und Boris war zudem immer sauber gekleidet gewesen und höflich. So ein höflicher Junge! Da will man so was einfach nicht glauben.«

Damit kam sie, die ängstlich von höflich nicht unterscheiden kann, durch.

Damit kamen sie alle durch. Damit kommen sie immer noch durch.

Glück muss man haben.

1.3.4

»Wir müssen über deinen Vater reden!«

So. Müssen wir?

»Nimm doch bitte die Kapuze ab. Ich kann dich kaum sehen. Willst du nicht? Na gut. Aber vor Gericht musst du dein

Gesicht zeigen. Bitte lass es nicht drauf ankommen, dass dich der Richter zwingt! Ja?«

Er wartet geduldig auf ein »Ja« und gibt sich mit Marius' Nicken zufrieden.

»Andreas lässt dich grüßen, er kann leider nicht. Jörg ist nicht mehr in unserer Abteilung. Also hab ich angeboten, deine Vorbereitung auf die Gerichtsverhandlung zu übernehmen. Wie findest du das?«

Kenn keinen Andreas!

Beim letzten Mal hatten ihm diese Worte einen Hirn-Scan eingebrockt. Andreas war ernsthaft erschrocken, dass sich der Junge seinen Namen nicht merken konnte, und schickte ihn zum Neurologen. Der schnallte ihn auf eine vollautomatische Bahre und schob ihn in eine Röhre, zog ihm später ein Gumminetz über die Rübe und ließ ihn während all dieser Verrenkungen seltsam einfache Fragen beantworten:

»Wie heißt du? Wie heißt deine Oma? Was ist 105 minus 7? Kannst du ein Gedicht auswendig?«

»Der liebe kleine Christian steht morgens in der Straßenbahn zwischen Bäuchen eingeklemmt, und wenn dann jemand vorwärtsdrängt, kann er sich nicht regen …«

Der Doktor lachte fröhlich auf, wertete die Daten aus und erklärte einem konsternierten Andreas: »Alles in Ordnung. Rege Hirntätigkeit, keine Ausfälle! Bestens.«

»Aber«, jammerte Andreas den Arzt an, »wieso merkt er sich meinen Namen nicht?«

Diese Frage bleibt ohne Antwort.

Andreas' Vertretung fährt in einem bemühten Tonfall fort:

»Der Prozess ist eine große Belastung. Wir wissen das. Der Richter weiß das ebenso. Aber es gibt Möglichkeiten, dich zu schützen. Du entscheidest ganz allein, was du sagen oder tun willst. Du allein! Niemand darf dich drängen. Du bist zwar der einzige Zeuge, aber dein Vater hat alles zugegeben. Die Beweise sind zudem eindeutig. Du bist nicht nur der einzige Augenzeuge der Tat. Du bist auch ein Opfer. Als Opfer hast du das Recht zu schweigen. Du hast aber auch das Recht, gehört zu werden. Du darfst etwas sagen. Du musst nichts sagen. Du darfst! Wir wollen jetzt gemeinsam und behutsam herauskriegen, was du willst und was dir guttut. Verstehst du das? Marius?«

Im Umgang mit Sozialarbeitern hat Marius mittlerweile einiges gelernt. Er weiß jetzt, wann ein Zucken oder Nicken nicht mehr genügt. Die Übung mit dem Neurologen will er so schnell nicht wiederholen. Er holt tief Luft, atmet aus, rückt näher an den Tisch und sagt genauso behutsam, nein, leise spricht Marius, denn Worte wie »behutsam« machen ihn lachen:

»Ich habe das verstanden. Ich will aussagen. Ich will ihn aber auf keinen Fall sehen.«

Boris hatte seine Verhandlungen längst hinter sich und gab Marius detailliert Auskunft:

»Nix musst du! Können dich nicht zwingen. Musst nicht mal hin, wenn du nicht willst. Musst gar nichts! Mama wollte mich unbedingt umarmen und ich musste nur Nein sagen und die Sache war erledigt.«

Marius fragte lieber nach: »Du wolltest keine Umarmung von deiner Mama?«

Boris wollte keine Umarmung. Mittlerweile hat er verstanden, dass das, was sich für ihn vollkommen richtig anfühlte, nicht richtig zu erklären ist. Natürlich: Sie war seine Mutter.

Sie ist immer noch seine Mutter. Genauso hatte sie es auch immer gesagt: »Ich bin immer noch deine Mutter!«

»Weiß nicht«, antwortete Boris auf Marius' Frage, »ich wollte Nein sagen und wissen, was passiert.«

»Und was ist passiert?«

Darauf nuschelte Boris:

»Sie hat gelacht. Sie hat gesagt: Jetzt hast du erreicht, was du immer wolltest!«

Marius nickte. Das also wollte Boris wissen.

Ob es je um ihn gegangen ist? Oder um mich?

Und nun weiß es auch Marius.

Es ist nie um ihn gegangen. Nie um mich. Ich stand im Weg. Ich war da. Wie ein Waschbecken oder ein Stuhl.

Die Nachfragen der Leute ignoriert Boris. Sollen die ihre Komödie spielen. Wenn sie's nötig haben?

Boris weiß, dass man deren Neugier nicht stillen kann! Dieses »Was glaubst du, wieso deine Mutter das gesagt hat? Ist doch komisch? Wieso solltest du das gewollt haben? Hast du sie vielleicht falsch verstanden? Denk doch mal nach!« – All diese Fragen genügen sich selbst.

»Und dein Vater?«, wollte Marius noch wissen.

»Drehte sich zu Mutter, schnauzte ›Halt's Maul! Du reitest uns nur noch tiefer rein!‹«

»Und der Richter?«

»Dankte mir für meinen mutigen Auftritt.«

»Echt?«

Boris zuckte mit den Schultern. Er lag die ganze Zeit in seinem Bett, hatte Marius den Rücken zugedreht, und da verstand Marius schlagartig, dass auch er niemanden ansehen wollte, wenn er über den 24. Januar 2014 spricht.

»Ich will die Kamera«, erklärt er Andreas' Stellvertreter.

Der hebt die Augenbrauen.

»Kennst dich ja richtig gut aus! Hast du so was schon gemacht?«

»Nein, hab ich nicht.«

Das war das erste Mal, dass man meine Mama umbrachte.

1.4

»Siehst du mich?«

Der Richter lächelt Marius freundlich an. Marius hat seine Entscheidung, den Gerichtssaal nicht betreten zu wollen, längst bereut. Er starrt abwechselnd auf den Samsung-Flatscreen vor seiner Nase und in die Kamera über dem Fernseher.

»Ich sehe Sie!«, bellt er in den leeren Raum und erschrickt über den Lärm, den er beim Sprechen macht. Er hatte sich einen dunklen Raum, Kopfhörer und ein großes Mikrophon vorgestellt. Nun sitzt er in einem weißen Zimmer mit großen Fenstern, hört den Richter aus Lautsprechern knallen und findet das Mikro nicht. Andreas' Stellvertreter hat sich neben ihn gesetzt, er schweigt und starrt, seit sich der Richter zugeschaltet hat.

In den Minuten davor hatte er den Mund nicht zugekriegt!

»Alles ist gut. Mach dir keine Sorgen. Du kannst jederzeit abbrechen. Wir haben ja alles besprochen. Es gibt bestimmt keine Überraschungen. Also relax. Du bist vorbereitet. Ich bin auch noch da. Für alle Fälle. Ich kann, wenn Not ist, dazwischen gehen. Aber nur, wenn du willst. Also relax! Kein Problem«, versuchte er Marius zu beruhigen, und Marius, von Aussehen und Akustik des Zimmers schon ziemlich angeschlagen, bat ihn zu schweigen.

»Können wir still sein?«, formulierte er es zur eigenen Überraschung in Lehrerworten. Bald bereute er das, denn in der Stille dehnte sich die verbleibende Zeit zu einer Ewigkeit und er traute sich nicht mehr nachzufragen.

Alles weiß.

Plötzlich war da eine laute Stimme und ein Zwinkern später lächelt ein freundlicher, riesiger Richterkopf aus dem Bildschirm.

»Ich sehe Sie!«

Sofort fällt Marius die schwarze Robe und das breite Grinsen auf, er bewundert die hohe Auflösung des Samsung, starrt auf den seidigen Glanz des Samtes und die ausrasierten Grübchen.

Er sieht mich an.

Der Richter stellt sich vor, liest Namen und Daten vor und Marius hört angestrengt zu. Er will nichts überhören, die Fragen vor allem nicht. Er will das hier richtig machen.

Keine Fehler!

Er lehnt sich vor und spürt sein Herz gegen die Tischkante klopfen, rutscht ein Stück zurück.

Schon besser

Kalter Hauch klatscht in sein Genick. Er sieht sich um, doch die Tür ist geschlossen. Da fasst er sich an den Hals und fühlt Schweiß.

Ich hätte den Hoodie ausziehen sollen!

Der Richter sieht von seinen Papieren auf, lächelt nicht

mehr und stellt mit fester Stimme die ersten Fragen. Marius darf anfangs mit Ja und Nein antworten und findet bald den richtigen Ton:

»Sie hatten gestritten.«

»Kannst du dich noch erinnern, worüber sie gestritten hatten?

»Nein.«

Sag's genauer. Erkläre es ihm.

»Sie stritten immer. Wegen Esther. Wegen Geld. Über die Nachbarn. Wegen mir.«

Das ist gelogen und Marius weiß das. Sie stritten nie wegen Marius. Er ging einkaufen, wusch ab, brachte den Müll zu den Tonnen, die leeren Flaschen aus dem Keller zum Kiosk, das Wechselgeld zum Vater. Volle Flaschen trug Kohlstetter persönlich, weil er Angst hatte, dass Marius stolpern könnte – doch das war nur die offizielle Version. Unter der Hand erfährt man, dass sich die Händler weigerten, Schnaps an seine Kinder auszuhändigen.

Marius tat, was seine Eltern wollten. Deswegen muss er sich nachträglich in den väterlichen Zorn einschreiben und behaupten, dass auch er Anlass zum Streit gab. Es käme einem Verrat gleich, würde er hier etwas anderes behaupten.

Er war immer lieb zu mir.

»Im Keller saß er. Rauchte. Trank.«

Willst du einen Schluck, Marius?

»Die Nachbarn beschrieben, dass er da tagelang blieb, er schlief dort.«

»Ja. Das stimmt. Aber –«

Ich habe die Flasche genommen

Pause.

und nur so getan, als würde ich trinken.

»An dem Tag aber –«

Das Gesicht hattest du verzogen, damit er dir glaubt ... Marius überlegt.

»Mama sagte, dass sie ihn nicht mehr reinlassen wird. Es ist aus! Endlich. Es reicht, sagte sie. Esther hatte sich gefreut. Mama aber weinte und entschuldigte sich bei uns.

»Tut mir leid, dass ihr so lange warten musstet. Ich hätte das längst tun müssen!« Da wusste ich, dass sie es ernst meint.«

»Wie fandest du das?«

Die Frage überrascht ihn. Marius sieht hoch zur Kamera.

Ach, da ist das Mikro!

»Weiß nicht. Ich –«

Schiss hattest du, dass er nicht weiß, wohin! Du hast dich um das Arschloch gesorgt. Dass du ihn nicht wiedersiehst! Du blöder Schwachkopf.

»Blöd. Ich fand's blöd, glaub ich.«

Des Richters Kopf nickt sanft.

Gleich kommt Werbung.

»Willst du mir erklären, wieso du das blöd fandest?«

»Weiß nicht. Mama und Papa gehören zusammen? Keine Ahnung. War halt immer so. Die beiden zusammen. Streiten zusammen. Esther und ich dazwischen. Das war normal. Der Streit war ...«

Gibt es hier keine Werbung?

»... normal.«

»War etwas anders als sonst? Deine Mutter hatte ja nicht zum ersten Mal gedroht, dass er ausziehen muss.«

»Sie hat es diesmal ernst gemeint.«

Es fällt ihm wieder ein. Aufgeregt sieht er zur Kamera:

»Esther. Er hat Esther beschimpft.«

Und während der Richter nachfragt, ärgert sich Marius, dass er laut ausgesprochen hat, was er lieber für sich behalten will.

»Was hat er denn gesagt?«

»Fotze, Hure.«

Ernst sieht der Richter Marius an und nickt nicht.

Keine Werbung. Wieso kommt keine Werbung?

»Hat er diese Worte schon vorher benutzt?«

»Nicht oft. Nur wenn er wütend war.«

»Wie oft war er wütend?«

Ständig, immer.

»Weiß nicht.«

»Gut, Marius. Können wir fortfahren?«

Er hebt die Schultern und sagt tatsächlich:

»Sind wir nicht deswegen hier?«

Wieder diese Lehrerworte … Der Richter stimmt ihm ernst zu.

»Klar. Da hast du recht. Was geschah danach? Deine Mutter hat euch erklärt, dass sie sich von ihm trennen wird. Dein Vater war im Keller.«

»Wir sind ins Bett. Am Morgen sind wir aufgestanden. Wie immer.«

»Frühstück?

»Nein, wie immer. Esther wecken, Zähne putzen, raus.«

»Aha.«

Solch ein »Aha« bedeutet etwas, das weiß jedes Kind! Marius ahnt, was in seiner Aufzählung fehlt.

Frühstück, Schulbrot, Abschiedskuss.

Die Richterfamilie schmiert im Sonnenlicht honiggelbe Brötchen.

Und das ist bestimmt keine Werbung. Das ist echt!

»Du warst in der Schule? Und Esther?«

»Die auch. Wir sind zusammen hin.«

»Und dann?«

»Bin allein heim. Esther hatte noch Sport und Erdkunde. Nachmittagsunterricht.«

Allein heim.

Niemand spricht. Marius sucht einen Gedanken und findet nur Bilder und

Heul doch!

seine Hand patscht auf den Tisch. Es dröhnt im leeren Zimmer. Der Sozialarbeiter scharrt mit den Füßen, als wäre er auf dem Sprung.

Pass bloß auf!

Marius würde ihm ins Gesicht schlagen, wenn der jetzt unterbräche.

Ich hau dir in die Fresse! Ich schwör's! Bleib bloß sitzen, du Wichser!

Seine Hand wischt über die glatte Platte.

Glatte Platte

Er lacht.

Was gibt es da zu lachen?

Schüttelt den Kopf.

»Mama war in der Küche. Hatte versucht Kartoffeln zu schälen. So was fällt ihr schwer seit dem –«

Seine Hand patscht auf den Tisch. Wieder dröhnt es.

»Fiel! Es fiel ihr schwer seit dem Schlaganfall.«

Sie lebt nicht mehr.

»Hab geholfen. Da klingelte es an der Tür. Sie stand auf und sprach durch die geschlossene Tür mit ihm.«

»Deinem Vater?«

Er nickt.

Keine Werbung, weine Kerbung, reine Wubgenk

»Sie sagte, dass er nicht mehr reindarf!«

Pause.

Ich muss aufs Klo gehen. Ich geh später. Wenn die Werbung läuft.

Marius starrt den Richter an.

Mama ist tot. Sag ihnen, was du weißt, und raus hier.

Er nickt.

Scheiß auf die Werbung.

»Er schreit, schlägt gegen die Tür! Es donnert im Haus. Plötzlich schreit er: Halt's Maul, du!«

Immer die gleichen Worte. Das Arschloch hat sich nie was Neues einfallen lassen. Er war sogar dazu zu faul!

Marius lacht. Der Richter sieht ihm dabei zu.

»Nein, nein. Er schimpfte mit der Nachbarin von oben. Nicht mit Mama. Er hat Mama nie beleidigt!«

»Ich bring dich um« ist keine Beleidigung!

Pause.

Vorsichtig fragt der Richter nach: »Er soll sie geschlagen haben.«

»Aber nur, wenn wir es nicht mitkriegten!«

Der Richter hält die Luft an, der Samsung zeigt es in bewundernswerter Auflösung, jedes Fältchen ist zu sehen, auch die Sorgenbeulen zwischen seinen Augenbrauen, die Kerben unter der Nase, die von seiner Anspannung herrühren. Marius weiß, was sich gehört, und sieht kurz weg.

Wieso hast du sie nicht einfach beleidigt und dafür am Leben gelassen?

Seine Hand patscht auf die glatte Platte.

Schon lustig

»Mama schreit, dass er nicht schreien soll!«

Schon lustig

»Er: Ich schrei, wann ich will!«

Zur Nachbarin und Mama gleichzeitig. Wahrscheinlich haben auch beide gleichzeitig reagiert ...

»Mama schüttelte den Kopf.«

Lustig?

»Er brüllte, die Tür zitterte. Er hatte dagegengetreten. Ich will in meine Wohnung. Ich will zu meiner Frau. Meinen Kindern! Halt's Maul! – Zur Nachbarin oben. Nicht zu Mama! Ich schwöre!«

Der Sozialarbeiter bewegt sich –

»Nein! Nicht jetzt!«, zischt Marius ihn an. »Ich kann es alleine klären. Lass mich!«

Und zur Kamera, zum Richter, in den Gerichtssaal irgendwo: »Er schreit immer. Fast immer. Er schrie herum und wir hatten uns daran gewöhnt. Mama schrie selten. Aber da schrie sie natürlich auch. Die Tür war ja zu. Sie brüllte: ›Du kommst hier nicht rein. Aus! Es ist aus. Jetzt ist es aus.‹ Das Donnern an der Tür hatte aufgehört. Er war still. Mama hatte ruhig weitergeredet: ›Das kann ich den Kindern nicht antun. Ich bin nur noch die Hälfte wert und –‹«

»Die Hälfte?«, fragt der Richter.

»Schlaganfall. Sie konnte die linke Körperhälfte nicht mehr richtig kontrollieren. Deswegen!«

Der Richter nickt.

»›Es gibt nichts mehr zu teilen‹, sagt Mama. Sagte! ›Ich will für die Kinder da sein. Du musst dich um dich selbst kümmern!‹, sagte sie und dann kam sie wieder in die Küche zu mir. Und dann –«

Pause.

Hab ich sie überredet, die Tür aufzumachen!

»Was ist dann passiert?«

»Ich –«

Pause.

»Marius?«

»Ja?«

»Sollen wir eine Pause machen?«

»Wieso?«

Kommt jetzt die Werbung?

»Gut, wenn du noch kannst?«

»Ich hab sie umgebracht!«

Panik im Fernseher. Der Sozialarbeiter springt auf. Irgendwer im Fernseher ruft: »Wir sollten eine Pause machen!«, und Marius antwortet ganz ruhig:

Sie verstehen nicht!

»Lasst es mich erklären.«

Die Erwachsenen sind augenblicklich still.

Richteraugenliderflattern. Lichterratterflauderrigen.

»Ich hab Mama überredet, ihn wieder reinzulassen. Er muss sich doch waschen, behauptete ich, Zähneputzen und saubere Klamotten anziehen. Kann nicht so auf die Straße gehen. Er muss doch packen. In Wahrheit wollte ich, dass sie sich wieder versöhnen. Er wird sich entschuldigen und alles wiedergutmachen, dachte ich. Er wird ihr bestimmt versprechen, es ab jetzt besser zu machen. Sich zu bessern!«

Das sind Kinderversprechen, du Idiot!

Seine Hände streicheln die Tischfläche. Er spürt eine warme Stelle.

Wo meine Hand gerade lag

Kalte Stellen gleich daneben.

»Mama gab irgendwann nach. Sagte nur: ›Ich hol meinen Mantel und geh so lange in den Park. Du kannst ihn reinlassen, wenn ich weg bin.‹ Sie müssen verstehen, Herr Richter: Es war die ganze Zeit still geblieben, und wir dachten, er ist wieder im Keller, weitersaufen oder so. Mama ging ins Schlafzimmer zum Kleiderschrank, ich zur Tür. Er stand da, direkt hinter der Tür, schubste mich beiseite, ging in die Küche. Ich bin hinterher, weiß nicht, warum ich gleich hinterher bin. Ihm nach, deswegen wahrscheinlich … Er: Küchenmesser, das große. Nicht das Kartoffelmesser. Nicht das kleine. Nein. Er macht kehrt, schubst mich wieder, geht zurück zu – schubst mich einfach weg, als wäre ich gar nicht da! –, zu Mama im Flur. Großes Messer. Mama im Flur, er spricht. Mama dreht sich zu ihm. Messer im Flur und Mama. Ich –«

Bring es zu Ende und dann geh.

»Ich –«

Pause.

»Ich springe auf seinen Rücken. Er schubst mich runter. Ich lieg auf Mama, er liegt auf mir. Er sticht trotzdem auf sie ein. Ich bin zu schwach. Ich wehr mich. Ich halte seine Hand zurück, aber alles ist so glitschig. Ich raus aus dem Flur, raus aus dem Haus. Mama bleibt liegen. Einfach liegen. Der Schlaganfall, verstehen sie. Sie ist nicht gut zu Fuß. War! Ich weiß, dass sie jetzt tot ist! Ich weiß das!«

Wieso hast du das gesagt?

Marius sagt noch mehr. Der Richter hört ihm einfach zu. Offenes Gesicht, offen jede Pore. Samsung!

Keine Werbung!

Der Richter sucht den richtigen Moment, um Marius zu unterbrechen. Der Junge reiht Worte aneinander, schnell und tonlos. Er wiederholt sich, kreist um die Bilder einer blutenden Mutter. Sagt nichts zu seiner Flucht. Beschreibt den Vater nicht, wiederholt nur wieder und wieder, dass Kohlstetter zustach. Nicht, wie Kohlstetter zustach.

Genauer steht es im Obduktionsbericht. 33 Stichwunden. Eine Comicfigur ist abgebildet, worauf ein Mediziner die Wunden eingezeichnet hat. 33 rote Markierungen an Oberkörper, Armen, Hals.

Die Einstiche beschreiben die Raserei des Täters! Glatte Stichwunden mit Hämatomen um den Stichkanal – die Blutergüsse stammen vom Messerschaft und bezeugen die tödliche Wucht, mit der Kohlstetter zustieß. Stichwunden mit Einrissen am Stichkanal, sie sind durch die Gegenwehr von Opfer 1 (Mutter) und Opfer 2 (Sohn) zu erklären.

Marius' Patientenblatt erzählt schließlich die Geschichte seines Überlebens bis hin zu dem unseligen Happy End –

»Nach Hause entlassen«, liest der Richter vor und schüttelt den Kopf.

Der Fabi wurde auch vorgeladen. Er kann kaum reden, doch was er sagt und vor allem wie er das sagt, in unvollständigen Sätzen, mit Gedankensprüngen und Grammatikfehlern, so dass der Richter ständig nachfragen muss, obwohl Fabian ein heller Kopf ist, es macht den Schrecken der Tat lebendig.

Der Angeklagte K. schweigt und auch das spricht Bände. Er schreit nicht. Er muckst nicht mal, als Esther aussagt.

Sie wollte vor Gericht erscheinen. Sie wollte Kohlstetter ansehen, sie wollte ihn fragen, wieso nicht er verreckt sei, und fragt ihn genau das.

Esther. Esther ist jenseits ihrer selbst! Sie ist ihr schiefer Mund. Sie ist die Garstigkeit ihrer Worte. Sie ist ihre schreckliche Not. Sie ist so, dass niemand sie rügen kann, wenn sie ausspricht, was vor Gericht derart niemals gesagt werden darf. Nicht einmal die Verteidigung will sie ermahnen. Esther.

»Wieso bist nicht du verreckt, du Arschloch? Flasche an den Hals bis Ultimo?«, so fragt sie den Vater und alle schauen zu ihm, als erwarteten sie von ihm eine Antwort, die aber nicht kommen wird, da er nicht spricht. Vielleicht sehen sie auch zu ihm, weil niemand mehr Esthers Anblick erträgt.

»Die Flasche an den Hals bis Ultimo!«, hat sie wortwörtlich gesagt, und niemand fragt nach, woher sie diese Straßenpisserworte kennt, wer ihre Freunde sind. Was sie so tut, mit wem sie sich so rumtreibt, sich unterhält an ihren freien Tagen, Stunden, Abenden. Nächten?

»Bis Ultimo mit Flasche am Hals«? Niemand riecht ihren Atem und fragt: »Hast du gerade Schnaps …?« Niemand sieht die roten Flecken an den Wangen, die tiefen Augenränder. Esther?

Und Jürgen Kohlstetter schweigt. Erklärt nichts. Schweigt und ist abwesend. Die Aussagen seiner Kinder, die Details seiner Tat, die Aufarbeitung seiner elterlichen und ehelichen Leistungen, nichts scheint ihn zu erreichen. Der ist da und auch nicht da. Das Durcheinander, als die Augenzeugen den Showdown auf der Straße einmal mit Axt und einmal ohne Axt zeichnen, kommentiert er ebenso wenig wie die Aufforderung des genervten Richters, sich wenigstens zur Richtigkeit seiner persönlichen Daten zu äußern.

Doch all das sieht Marius in seinem weißen Zimmer nicht. Er wird zugeschaltet, macht seine Aussage und wird wieder abgeschaltet.

Er spürte irgendwann einen Ruck, wird er später Boris erzählen. »Ich hab 'nen Stoß abbekommen, echt! Ein Schlag war das. Als hätte mich jemand von hinten geboxt.«

Und dann redete er los.

Gegen Ende seiner Aussage hechelte er wie getrieben den aufsteigenden Bildern hinterher, sprach ohne Pausen in einem durch. Doch das merkte er nicht in seinem weißen Zimmer und vor dem geduldigen Richtergesicht.

Der Richter bedankte sich immer öfter, weil er den Jungen sanft bremsen wollte. Er fand zufällig jene Worte, auf die hin Marius in seinem zeitlosen Zimmer mit der überdeutlichen Akustik, den glatten Flächen aus Samsung, Tisch und Wänden tatsächlich innehielt. Verstummte.

»Ich danke dir für diesen mutigen Auftritt!«, sagte der Richter und sah ein erschrockenes Kindergesicht in HDTV.

Marius erzählt es Boris und Boris springt auf, glotzt ungläubig zum Bett gegenüber und brüllt: »Das gibt's doch nicht!«

Marius bleibt zusammengerollt liegen, starrt die Wand an und meint: »Doch.«

1.4.1

Zwei Tage später:

»Sie haben das Urteil gesprochen!«

Schweigen.

»Willst du es wissen?«

»Nein.«

»Wirklich nicht?«

»Lass mich in Ruhe!«

»Wie bitte?«

»Halt's Maul!«

»Sag mal!«

»Verpiss dich, du altes Arschloch!«

»Wie redest du eigentlich mit mir?«

»Verpiss dich!«

2
Urteil

2.1

Samstag, der 24. Januar 2015 ist für Marius Kohlstetter kein besonderer Tag. Es ist der Tag, an dem sein Vater stirbt. Doch das weiß Marius nicht, er erfährt es erst später und niemand wird ihm das Datum nennen.

Jürgen Kohlstetter hat sich den Strick zusammengespart. Irgendwann war das Ding aus Stofffetzen, Draht und Seilstücken lang und stabil genug und das Datum schien ihm wahrscheinlich auch passend.

Seine Kinder hat er nie wieder gesehen. Die Fragen des psychologischen Betreuers und Anstaltsarztes hatte er bis zuletzt ignoriert.

»Wollen wir über Marius und Esther reden?«

Handschriftliche Notiz unter dem Personalblatt: »K. schweigt die ganze Zeit und zeigt kein Interesse.«

Ob er überhaupt an sie gedacht hatte?

Mit Beklemmung liest man, dass Jürgen Kohlstetter in seiner Jugend eine Frau, die sich von ihm trennen wollte, niedergestochen hat. Sie überlebte und er kam mit einem blauen Auge davon. Gutachter glaubten damals, die Tat sei seiner Unreife geschuldet gewesen, Kohlstetter war zum Tatzeitpunkt erst 20 Jahre alt und das Gericht wollte ihm nicht die Zukunft verbauen. Er hatte sich nie mit der Tat auseinandersetzen müssen, wahrscheinlich schwieg er sich darüber aus. Er trank Alkohol, immer schon, trank weiter Alkohol, immer mehr. Niemand half. Niemand kümmerte sich um ihn. Er trank, heiratete, zeugte zwei Kinder. So weit die Fakten. Der Rest ist nur Literatur.

Die Vollzugsbeamten im Knast machen sich den Vorwurf, Kohlstetters Zelle nicht genauer untersucht zu haben.

2.1.1

Marius erfährt von diesem Tod erst etwas später. Irgendwer nimmt Esther und ihn beiseite.

»Setzt euch bitte. Ich muss euch etwas Schreckliches sagen. Euer Vater …«

»Kann ich jetzt gehen?«, fragt Marius, als der andere sich ausgesprochen hat. Dann steht er auf und geht. Esther will auch nicht bleiben.

»War's das?«, fragt sie und geht auf ein Nicken.

»War was?«, will Boris wissen, der ihn gerade aus dem Betreuerzimmer kommen sieht, und Marius sagt:

»Nix.«

2.1.2

»Du? Dein Vater? Stimmt das?«

»Sag schon!«

Pause.

»Nun sag schon! Willste nicht? Mir kannste es doch sagen …«

»Was'n los? Redest du nicht mehr? Zunge verschluckt?«

»Stell dich nicht so an.«

»He, schon gehört? Marius redet nicht mehr mit mir!«

»Lass mal. Der fühlt sich jetzt als was Besseres, jetzt wo seine Eltern tot sind.«

Kichern.

»He. Lass das. Lass ihn in Ruhe. Der ist fertig.«

»Aber mir kann er's doch sagen? Ich sag doch auch alles.«

»Der ist ein Opfer. Lass ihn lieber in Ruhe.«

»Zombie?«

Lachen.

»Ansteckend!«

Lachen.

»Kein Mucks …«

»Du redest wohl gar nicht mehr?«

»Verliebt?«

Kichern.

»Boris, du Schwuchtel. Was treibt ihr denn so die ganze Nacht, so ganz allein?«

»Nicht mal seine Schwester darf da rein.«

Kichern.

»Marius. Dein Vater wird nächsten Mittwoch begraben. Willst du dich von ihm verabschieden? Ich verstehe natürlich deine Reaktion, aber …«

»He, Marius, du Quasselstrippe!«

Lachen.

»Vielleicht sollten wir reden? Du bist hier nicht die einzige Waise. Ich weiß, dein Fall ist doch etwas anders, aber manchmal hilft der Austausch mit –«

»Von wegen Austausch …«

Lachen.

»Das wird denen irgendwann langweilig. Glaub mir.«

Pause.

»Komm morgen Abend zum Kickern! Quatschen oder auch nicht. Hauptsache nicht allein sein. Und du, Boris, du kannst auch mal dein Zimmer verlassen. Kommt doch mit …«

Klopfen.

»Na, ihr Schwuchteln? Schlaft ihr schon?«

Klopfen.

»Ich will die Hände auf der Decke sehen!«

Kichern. Klopfen.

»Die Finger brauchen die nicht! Die Finger nicht!«

Lachen. Pause. Klopfen.

»Wer ist bei euch die Frau? Wer hält den Arsch hin? Wer?«

»Abwechselnd?«

Kichern.

»69!«

Lachen.

»Emanzen! Nein, Lesben!«

Brüllen.

»Jetzt mal ernst? Wer darf oben liegen?«

Pause.

»Ah-ah-ah-ah-«

Pause.

»Aaaaah!«

Lachen.

»Gut geschlafen? Komm, Boris, geh mal beiseite, ich will mit deinem Schatz reden. Was guckst du so eifersüchtig? Nur reden! Echt. Ich fass den schon nicht an! Ihr Schwuchteln seid immer so empfindlich.«

»Was hat er denn? War doch nur ein Klaps aufn Hintern. Macht man das nicht so? Bei euch?«

»Marius. Was ist los? Du bist so verschlossen. Hast keinen Freund. Außer Boris. Aber Boris hat auch keine Freunde. Außer dir. Ihr macht mir Sorgen. Ihr müsst mehr raus!«

»Habt ihr gehört: Er hat keinen Freund! Aber eine Freundin hat er doch. Das zählt doch auch, oder? Boris? Was meinst du?«

»Lass uns in Ruhe!«

»Oh! Habt ihr gehört. Die Prinzessin spricht. ›Lasst UNS in Ruhe.‹ Hach, wie süß.«

»Lass das!«

»Da schau an: Ihr Mann mischt sich jetzt auch ein!«

»Schau an. Schau an.«

»Tu deine Finger weg.

»Was, wenn nicht?«

»Tu sie weg!«

»Und wenn nicht?«

»Tu sie weg!«

»Wieso?«

Diese Verzögerung vor dem »Wieso?« ist die Sollbruchstelle, durch die der Druck entweichen wird. Marius nimmt ein Besteckmesser, drückt es dem anderen an den Hals und zieht es ihm quer zur Schnittfläche wie beim Rasieren über den Kehlkopf. Der andere hustet augenblicklich, als der Knorpel verschoben wird. Augenblicklich hat ihn die Panik am Genick gepackt und lässt ihn nicht mehr los.

»Du willst einen Grund haben?«

»Neinnein, Marius«, kläfft der andere mit dünner Stimme.

»Ich hab nämlich keinen Grund. Was mach ich da?«

»Komm, Marius, lass ihn«, ruft einer der Umstehenden. Boris ist es nicht. Boris weiß, dass er nichts mehr richtig machen kann.

»Warum soll ich ihn lassen? Er lässt mich doch auch nicht.«

»Ich lass dich. Ich schwöre.«

Marius lässt das Messer sinken und der andere packt beide Hände an die Kehle, als müsste er ein Ausbluten stoppen.

»Nur ein Kratzer«, wird ihm später jeder sagen und noch später heißt es: »Reg dich endlich ab, du Pussy! Und hör auf zu jammern. Ehrlich, du nervst, du Schwuchtel.«

2.1.3

Im Asterix ist es so: Man regt sich schnell auf und man regt sich schnell wieder ab. Alle streiten sich und oft prügeln sie sich. Sogar die Frauen machen mit und am Ende feiern alle. Na ja – alle minus einem. Immer demselben einen! Auf der letzten Seite im letzten Bild sitzt, hängt, liegt irgendwo Troubadix, gefesselt und – wichtiger noch – geknebelt, und ist verlässlich der letzte Witz von vielen Witzen.

Die Abenteuer im Heim haben kein Ende, natürlich auch kein letztes Bild, aber man muss trotzdem darauf achten, dass man nicht als wiederkehrender Witz am Ende von allem landet.

Boris, der die vollständige Sammlung dieser Hefte seinen Schatz nennt, weiß das. Natürlich weiß er das!

Marius ist Boris sein Obelix! Ein Kumpel fürs Leben! Sich

selbst träumt er an guten Tagen als Asterix, an schlechten ist er immerhin noch Idefix, alles ohne Zaubertrank natürlich.

Im Asterix ist es nämlich so: Im schlimmsten Fall gibt's Streit und Prügel, jedoch wartet das Ende mit einer Feier auf. Im Heim sind Feiern eine rare Ausnahme, und was man hier Feiern nennt, fühlt sich mehr wie die Zeugnisabgabe am letzten Schultag an. Es sind Feierlichkeiten ohne Spaß. Das Essen ist wie immer und es gibt Streit um die Musik. Die Stärkeren setzen sich durch, der Rest zuckt mit den Schultern. Die Erzieher stehen am Rand und halten das für einen neuen Tanzmove.

Das sind keine Feiern, weiß Boris. Doch wie im Asterix markieren sie irgendwie einen Abschluss – Silvester, Lebensjahr, Schuljahr, Auszug, Ende Gelände. Leider beginnt dann kein neues Abenteuer. Im Heim ist alles Trott, außer jemand flippt aus, aber auch das gehört letztlich zum Alltag hier. Die Witze sind schlechter. Die Angst ist echter.

Und tatsächlich ist es im Asterix auch noch so: Schlimmstenfalls heißt für Römer Lazarett oder es flattert ein Schwarm kleiner Vögel überm demolierten Kopf im Kreis. Für Gallier ist dieses »Schlimmstenfalls« ein blaues Auge oder allerschlimmstenfalls müssen sie halt noch 47 Seiten bis zum guten Ende warten. Latürnich!

Im Heim hingegen hat die Angst einen Dauerplatz, und Boris ist auch nicht der Einzige, der sich richtig zu fürchten weiß.

Die ängstlichen Kinder laufen eine Wand entlang, selbstwenn da keine Wand ist. Was man kauern nennt oder wegducken, ist ihnen ständig anzusehen. Nur dass sie es eigentlich nie tun, sondern nur aussehen, als würden sie sich sogleich verstecken oder weglaufen. Zur Tragik der Angst gehört nämlich, dass sie die Reflexe lahmlegt. Die Ängstlichen bleiben – wenn's drauf ankommt! – stehen und kassieren die erste Ohrfeige. Von wegen Wegducken … Und auch das weiß Boris: Sie werden als Erste überrannt, weil sie als Letzte weglaufen. Boris weiß das. Und natürlich gibt es viel Schlimmeres als Ohrfeigen.

Ach, Boris.

2.2

»Komm rein, Marius. Setz dich. Willst du Wasser, Cola, Tee?«

»Cola.«

»Dachte ich mir. Setz dich, wir müssen reden.«

»Worüber?«

»Alles. Wie geht es dir?«

Schulterzucken.

»Versuch es zu beschreiben, Marius. Mit Worten.«

Stille.

Der Mann sitzt ihm gegenüber, führt vorsichtig eine Tasse zum Mund und wendet den Blick erst kurz vorm Nippen von Marius ab.

Er schluckt mit geschlossenen Augen.

Anschließend lächelt er Marius wieder an.

»Wie findest du es hier? Wie ist dein Zimmer?«

Der Mann lächelt und wartet. Dann greift er sich eine dünne Mappe, liest.

»Boris ist dein Mitbewohner?« Er stellt diese Frage, will aber keine Antwort, er fragt gleich weiter: »Ist Boris nett?«

Diese Frage möchte er scheinbar beantwortet haben. Er schaut auf und harrt geduldig auf

Was wohl?

Marius' Antwort. Der glotzt einfach zurück.

Nett? Was ist nett?

Der Typ sieht ihn an und schweigt. Dann plötzlich: »Streitet ihr?«

Kopfschütteln.

»Geht ihr euch aus dem Weg?«

Kopfschütteln.

»Das muss schwierig sein. In so einem engen Zimmer? Da kann man sich doch kaum aus dem Weg gehen, oder?«

Marius guckt zur Cola.

»Trink ruhig. Das Zeug wird nicht besser, wenn es warm ist.«

Marius sieht weg und ignoriert die Cola.

Warum tu ich das?

»Gibt es so gar nichts zu erzählen?«

»Ja.«

Der Mann lächelt nicht mehr. Er fokussiert den Jungen, zieht sein rechtes Bein vom linken und beugt sich vor. Sein Bauch sackt tief zwischen die Oberschenkel. Der Sessel knarzt. Niemand lacht.

»Denkst du hin und wieder an deinen Vater?«

In Mappen liegen die letzten Notizen zuoberst. Die Sozialarbeiter lesen Aktuelles zuerst und wühlen sich dann blattweise nach unten in die Vergangenheit. Diese Methode hat sich bewährt.

Der Mann blättert und plötzlich: »Deine Verletzungen sind gut verheilt. Hier steht, dass du keine bleibenden Schäden davongetragen hast. Das ist gut! Neurologie ist auch unverdächtig. Gut, Marius.«

Er sieht auf. Marius hat sich nicht bewegt.

»Willst du etwas sagen? Mir etwas mitteilen?«

»Kann ich gehen?«

Stille.

So fühlt es sich also an, wenn man auf eine Antwort wartet.

»Ich will dich nicht drängen, Marius. Ich kann dich auch nicht zwingen. Ich will dich aber von heute an regelmäßig hier sehen. Du ziehst dich zurück. Nimmst kaum am Heimleben teil. Wann warst du das letzte Mal im Gemeinschaftsraum? Ich meine außerhalb der Essenszeiten. Wann hast du einfach ein Gespräch geführt? Du kannst dich nicht so abkapseln. Boris ist auch ein schweigsames Bürschchen. Ich kenne Boris. Er saß auch schon hier. Das ist nicht gut und darum: Ich will, dass ihr jetzt öfter aus eurem Zimmer kommt. Ich will, dass du Kontakte knüpfst. Es müssen ja nicht gleich Freundschaften fürs Leben entstehen. Einfach nur ein ›Hallo‹ hier oder ein ›Wie geht's?‹ dort. Bis du aber endlich wieder mit anderen sprichst, werden WIR uns regelmäßig sehen. Hier, jeden Dienstag. 16 Uhr. Du kannst jetzt gehen.«

Marius steht auf und geht zur Tür.

»Ach, eins noch:«

Er bleibt einfach stehen.

»Im Heim ist die Kapuze ab jetzt immer unten!«

Marius reißt sich das Ding vom Kopf und stürmt raus.

2.2.1

»Er will, dass wir mit den anderen reden.«

Boris kichert in seiner Ecke. »Guten Tag, wie geht es dir? Gut geschlafen? Was macht die Arbeit? Hausaufgaben erledigt?«

Marius grinst.

»Ich hatte keine Schwester wie du, keine Geschwister. Weiß gar nicht, wie man sich zuhause so unterhält. Du?«

»Räum deinen Dreck weg, du blöde Schlampe!«

Sie kringeln sich. Angestachelt zitiert Marius weiter:

»Welche Sau hat auf die Klobrille gepisst?!

Ich war's nicht!

Wer dann?

Papa war als Letzter!

War ja klar.«

Er zitiert aus einem vergangenen Familienleben. Boris' Lachen überschlägt sich und Marius kann sich diesem Geräusch nicht entziehen. Lachen macht Lachen.

»Was stinkt hier so?«, erinnert er sich weiter.

Erst nur Prusten und da lässt Boris einen Furz fahren. Es gibt kein Halten mehr. Sie kreischen, furzen weiter oder tun nur so. Beides zählt! Marius drückt sich ein Kissen ins Gesicht, Boris nimmt die Hände, aber es hilft nichts. Sie können es nicht mehr stoppen. Der Gestank, das Lachen, der Gedanke, dass sie mit den anderen da draußen übers Wetter oder vollgepisste Klobrillen reden würden, alles wird zum Superwitz.

Boris bringt mit Müh und Not ein »Hör auf zu lachen, du Schwuchtel!« raus und das gibt ihnen den Rest. Sie brüllen und im Flur vor ihrer Tür sammelt sich ein Pulk, der so ziemlich das Gleiche denkt.

Im Nachhinein unterscheidet einen Lachflash nichts von einem Weinkrampf. Die Glieder schmerzen. Die Augen sind nass, die Atmung ist flach. Wie Forellen nach dem Genickschlag liegen sie platt auf ihren Betten und nichts könnte ihnen jetzt noch Kichern entlocken. Ein Kater ist das und die Jungs denken: Nie wieder!

Der Pulk ist auch verschwunden.

2.2.2

Der Ball knallt an die Rückbande, hier spielen Profis. Boris darf nur mitmachen, weil ein Mann fehlt. Er ist zu klein und muss die Handgelenke abknicken. Er muss sich zudem vorlehnen, will er den Ball hinter der Seitenbande sehen, und schießt zu schwach. Dass er blitzschnell reagiert, macht die Sache nur noch schlimmer. Denn so wenig er für den Spielfluss der eigenen Mannschaft tut, so sehr verhindert er das Fortkommen der Gegner. Sie schaffen es kaum an ihm vorbei. In dem Alter ist aber Peng und Knall das Allerwichtigste, sie wollen Tore schießen, nicht verhindern. Von Sieg zu Sieg eilen. »Verpiss dich«, heißt es bei der nächstbesten Gelegenheit, worauf Boris wieder in sein Zimmer flüchtet.

Marius bleibt dem Kicker fern. Fürs Tischtennis ist er zu verträumt und Kartenspiele hasst er genauso wie Brettspiele, denn vor allem Karten spielten sie zuhause mit Mama und Jürgen Kohlstetter und ganz ohne Streit. Auch Esther will da nicht hin, wo man auf Contra Re zu sagen hat. Doppelkopf mit den Eltern, das war sogar an Weihnachtsabenden der Höhepunkt.

Nach dem Schlaganfall spielten sie Skat. Doppelkopf braucht vier Spieler, nicht dreieinhalb. Beim Skat hingegen reichen drei. Mama und Esther spielten im Doppelpack, weil Mamas linke Hand –

ach egal.

Erinnerungen an die tote Mutter ertragen die Geschwister nicht. Da sie nicht miteinander sprechen, wissen sie von dieser Gemeinsamkeit nichts.

Beide denken unabhängig voneinander: »Uns verbindet nichts!« Was schon die nächste Gemeinsamkeit ist.

Die Geschwister sind allein. Die geselligere Esther ist allein unter Freunden und Marius allein mit sich. Er steht am Rand und sieht Gründe, dort zu bleiben.

In einer Ecke des Gemeinschaftsraums teilen sich zwei einen Kopfhörer und wippen im Rhythmus der Westcoast.

Marius' Lieblingslied heißt »Du bist mein Stern«. Mit dieser Schnulze kann er hier nicht trumpfen.

Das Lied erschien in seinem Geburtsjahr. Mama soll es ständig gehört haben, als sie mit ihm schwanger war. Es war ihre CD, ihre einzige. Vater hatte mehrere Greatest Hits und anderen Scheiß im Regal. Rap kam nur zufällig aus dem Fernseher. Kurz konnten er und Esther dem tiefen Wummern lauschen bis zu Vaters »Schalt aus, den Scheiß!«, das verlässlich jeden Rap beendete.

Hiphop? Das Wort kennt Marius, doch was es meint und was es von anderen Stilen unterscheidet, weiß er nicht. Marius liebt Musik, aber nur irgendwie. Um es besser zu wissen, fehlte es schlicht an Geld. Er besitzt keine CD, keinen Player. Als er endlich den Familien-Computer zu festen Zeiten nutzen durfte, hatte er schon andere Bedürfnisse zu befriedigen.

Er kann nicht mitreden und bleibt auch den Wackeldackeln in der Ecke fern, obwohl die nett zu sein scheinen.

Die anderen Gruppen schnattern so vertraut miteinander, dass er sofort auffallen würde. Dort hat er nichts zu suchen.

Aus Verlegenheit nimmt er ein Schulheft in den Gemeinschaftsraum mit und kritzelt rein. Weil Kritzeln keinen Sinn macht, rennen kurz darauf Strichmännchen die Heftränder entlang, stolpern, tragen Fragezeichen über den kreisrunden Köpfen, vögeln miteinander – er hat noch schnell Titten an die Vorderfigur gemalt, als der Erste über seine Schulter sah. Zum Glück ist ihm aufgefallen, dass er die ganze Zeit nur Männer gemalt hatte. Man stelle sich nur vor …

Schaut mal, die Schwuchtel malt Schwuchteln!

Bald zeichnet er Orgien. Von da sind es nur ein paar Striche zum ersten Galgen, zu Schwertern und Schusswaffen.

Die Zeit vergeht schneller, während er malt. Dann kommt Lob.

»Lustig! Das ist lustig!«

Lob ist eine Sensation!

»Das ist klasse.«

Jetzt verfliegt die Zeit. Aus Begeisterung schenkt ihm jemand einen roten Filzstift. Boris zeigt ihm Tricks und Techniken. Sein geschulter Asterix-Blick und der seltsame Ehrgeiz, den Kinder für die Talente ihrer besten Freunde haben, treiben Marius an. Der beginnt, komplizierte Geschichten zu entwerfen.

Ein Horizontstrich.

Im nächsten Bild eine Beule und wieder im nächsten wird sie zum Halbkreis, dann Kreis. Es kommt ein Hals dazu und gleich danach schweben Schultern überm Horizont. Das

Strichmännchen rennt auf den Betrachter zu, am Schluss sieht man das große Gesicht, den offenen Mund, ganz am Schluss Zunge und – »Der schreit!«, schreit einer – alle lachen.

Regen.

»Das sind Regentropfen.«

»Ach was, wart's ab!«

»Regentropfen. Sag ich doch!«

»Schau doch genau hin!«

»Haltet doch mal euer Maul und lasst ihn erst mal machen!!«

»Du schon wieder!«

»Selber Maul halten!«

Es sind Kugeln.

»Geil!!«

Projektile jagen hinterm schreienden Strichmännchen her, und dann plötzlich am Horizontstrich noch mehr Beulen, Halbkreise, Kreise – ein Mob verfolgt den Flüchtenden mit Schwertern und Uzis, denn das Wort Maschinenpistole ist »so was von out«.

Leeres Bild, leerer Horizont.

Dann ein Baum, da hängt ein Strichmännchen und um ihn herum jubelt der Mob. Schulterklopfen, Komplimente und »geil!«. Jubel im Bild und ums Bild herum.

Selbst Boris kriegt was ab.

»Ihr seid wirklich zwei lustige Knallköppe.«

2.2.3

»Können wir über deine Zeichnungen reden?«

»Gerne.«

Marius freut sich über jedes Lob.

»Ich hab die gesehen und –«

Plötzliches Schweigen. Marius sieht sich den Mann genauer an. Dessen Gesicht ist seltsam zurückhaltend.

Wie eingefroren!

Kein Lachen, keine Empörung.

»Interessant sind sie.«

»Hm.«

»Diese Zeichnungen …«

»Es sind Comics.«

»Aha.«

Jetzt entdeckt Marius auch Neugier, aber von der unschönen, der beruflichen Art. Der da will Marius untersuchen. So einer sticht mit Worten zu. Marius fasst sich an den linken Arm.

»Seit wann malst du?«

»Ich kritzle.«

»Hm. Seit wann?«

»Weiß nicht.«

»Die sind gut gemacht. Du hast Talent. Ich bin ja kein Künstler, aber mir kommen sie sehr talentiert vor. Das machst du doch nicht erst seit gestern. Oder?« Für das »gestern« hat er beide Arme gehoben und Anführungszeichen in die Luft gemalt.

»Wenn du das sagst …«

»Ich vermute das nur. Wie ist es denn wirklich?«

Marius ahnt, dass sich Gespräche mit Nicht-Künstlern

auch nicht lange um Kunst drehen werden. Zudem denkt er nicht an Kunst, wenn er seine Bildergeschichten macht. Es ist Spaß, vor allem seit sie den anderen gefallen. Marius hat noch nie etwas gemacht, das anderen gefällt!

»Marius, lass dir nicht alles aus der Nase ziehen. Seit wann malst du Comics?«

Das hier wird ein unangenehmes Gespräch, weiß Marius, der sich mit unangenehmen Gesprächen bestens auskennt.

»Seit ihr mich verdonnert habt, mehr Zeit mit den anderen zu verbringen.«

»Hm!«

Nun kritzelt der Mann etwas in die Mappe, es scheint ein längerer Satz zu sein. Er lässt sich Zeit, dann ruht seine Schreibhand, und er starrt ins Geschriebene.

»Sag mal«, sagt er bedächtig und blickt erst jetzt wieder auf, »wen zeichnest du da?«

»Strichmännchen.«

Gerne hätte Marius gelacht. Er zeichnet Strichmännchen mit und ohne Titten. Der große Mohammed ist etwas langsam im Kopf, doch selbst er hat die Figuren sofort erkannt.

»Strichmann mit Titten, geil!«

»Das sehe ich. Aber es gibt ja keine Strichmännchen. In Wirklichkeit, meine ich. Das sind letztlich Symbolmenschen. Platzhalter. Die stehen doch für etwas anderes … Oder?«

»Quatsch. Klar gibt es Strichmännchen. Die hab ich doch nicht erfunden. Gehst du nie auf Toiletten? U-Bahn, überall sind die.«

»Ja«, sagt der Mann und jetzt holt er Luft: »Was machen die Strichmännchen?«

»Quatsch.«

Es dauert, bis der Mann die Antwort erkennt.

»Was für Quatsch machen die?«

Ficken

Marius wird nervös, was der Mann sofort registriert, er kritzelt wieder, kurz diesmal, und blickt rasch wieder auf.

Der wird doch nicht übers Ficken reden wollen?

Marius hält die Luft an und auch das erzeugt hektische Bewegungen mit dem Stift. Genauso hektisch kramt Marius jetzt in seinem Wortschatz nach Alternativen zu »Ficken«. Er findet »Sex machen«, »Liebe machen« und »Quatsch machen«, lauter Scheiß mit »machen«, und schlagartig wird ihm klar, dass er über dieses Thema nicht reden kann! Nicht reden will! Wird.

Der Stift macht Geräusche.

»Manche Strichmännchen haben etwas, was andere nicht haben.«

»Brüste«, stellt Marius erleichtert fest. Glücklicherweise ist ihm ein akzeptables Wort eingefallen.

»Ja! Brüste zum Beispiel. Und?«

Das »und« hat er laut gesagt.

»Und, und? Keine Ahnung.«

Der Mann stöhnt.

»Marius?«

Marius schweigt. Er heißt Marius, so weit sind sie sich hoffentlich einig. Das Arschloch in seinem Sessel sollte jetzt langsam mal sagen, was er wirklich denkt.

»Na gut«, sagt der und Marius ist auf der Hut.

»Waffen haben sie! Schwerter, Pistolen, Gewehre und Kugeln, Marius. Das ist alles schwarz, Marius!«

»Ich kann auch 'nen blauen Kuli nehmen …«, bietet Marius an.

»Darum geht es nicht, denn die einzige andere Farbe ist rot! Rot für das Blut in deinen Geschichten. Und es gibt viel Blut in deinen Geschichten.«

Marius hält wieder die Luft an. Sein Herz reagiert diesmal sofort und pumpt immer rascher, weil immer weniger Sauerstoff zur Verfügung steht. Er spürt den ansteigenden Rhythmus in seinen zusammengepressten Lippen. Er will nicht atmen. Er will lieber ersticken, als auch nur eine Sekunde länger mit diesem Typ in einem Zimmer zu bleiben. Er springt auf, rennt raus in den Flur, atmet auf, doch das klingt nach Röcheln und Endspurt, wo er doch gerade erst gestartet ist. Er rennt ins Freie, rennt weg von dem Ort, der ihm die Luft zum Atmen nimmt.

2.2.3.1

Draußen lehnt er am Zaun. Plötzlich steht der Typ neben ihm, sagt: »Ich sorry. Marius nicht aufregen. Ich. Blöd. Tut leid! Ich Sorgen. Nur Sorgen. Das nicht. Aber. Aber. Nicht ohne Folgen. Was dir passiert. Schlimm das. Folgen eben. Konsequenzen. Psyche. Marius! Psyche! Er schweigt, ist still. Der Marius! Kapselt sich! Und plötzlich, plötzlich – Plötzlich Massaker! Hundert Tote. Klitzeklein nur, aber tot. Blut. Tod. Rot. Ich. Du. Reden. Marius! Müssen reden! Müssen!«

Marius starrt ihn mit blankem Hass an.

Ich hatte Spaß. Es war einfach nur lustig. Die anderen mögen es. Du Arschloch, du grandioses Arschloch. Was geht es dich überhaupt an?

Kränkung ist ein böses Gefühl, und Marius weiß, was er

da gerade fühlt. Er ist gekränkt und kann es nicht zugeben. Wer über Kränkungen spricht, malt ein leuchtendes Kreuz auf seine empfindlichste Stelle. Für alle sichtbar!

Deswegen sagt er: »In Ordnung. Ich lass es sein! Keinen Strich werde ich mehr zeichnen. Du musst dich nicht mehr sorgen! Versprochen!«

Nie wieder.

Er dreht ab und geht zurück ins Heim. Lässt den Mann stehen, sieht ihn nicht an, reagiert auf seine Rufe nicht. Marius zieht die Kapuze über den Kopf, obwohl es im Heim verboten ist. Er wird die Kapuze auch nie mehr runternehmen, wenn sie es wollen. Er will die Arschlöcher nicht mehr sehen. Er wird nicht mehr mit ihnen reden und lässt sich von Bitten wie Drohungen nicht erweichen.

Nie wieder.

2.3

»Hörst du mir eigentlich zu? Hast du überhaupt gehört, was ich da sage? Kannst du bitte ein Zeichen geben? Und nimm die verdammte Kapuze ab, wenn ich mit dir rede!«

Der da gerade ausflippt, wartet tatsächlich auf eine Antwort.

Da kann er lange warten!

»Ich kann das nicht mehr akzeptieren. Es gibt ein Minimum an Verabredungen und Respekt! Das geht doch nicht, dass du mich einfach ignorierst!«

Der da gerade ausflippt, sieht im Augenwinkel Jugendliche tuscheln und korrigiert sich:

»Uns ignorierst!«

Er ist nur kurz mit sich zufrieden.

Wieso brüllt der eigentlich?

»Du nimmst jetzt augenblicklich diese Kapuze runter!« Und da der weiß, dass Marius das nicht tun wird, brüllt er schnell weiter: »Ich mache mich doch nicht zum Affen und rede mit deinem Schatten. Weiß ich, ob du gerade grinst oder heulst? Oder hast du vielleicht einen Hörschaden?«

Er reißt seinen Arm nach vorne und schnippt an Marius' rechte Kopfseite. Die Zeugen zucken zusammen, denn die Geste war zu aggressiv, um missverstanden zu werden.

»Hörst du mich? Ist jemand da? Klopf, klopf!« Noch ist das eine Pantomime, denken alle.

Noch.

»Huhu, jemand zuhause?«

Der Lärm lockt einen zweiten Mann an.

»Wollt ihr das nicht in Ruhe besprechen? Vielleicht im Beratungszimmer?«

Sie starren Marius an, der aber nichts besprechen will und sich deswegen auch nicht angesprochen fühlt!

»Siehst du?«, brüllt der eine.

»Siehst du, was ich meine?«, wiederholt er, weil niemand reagiert.

»Es kann doch nicht sein, dass Marius hier die Extrawurst ist. Wir wissen alle, was der arme Junge durchgemacht hat.«

Du Wichser!

»Was für ein schreckliches Päckchen er rumzuschleppen hat.«

Du elender Scheißwichser!

»Aber er ist doch nicht das einzige Opfer. Hier, mein ich!

Ich meine, niemand sollte vergessen, wo wir hier gerade sind! Das ist ja kein Ferienlager hier.«

Der andere hätte ihn gerne früher unterbrochen und kam zu spät. Umso energischer ergreift er jetzt das Wort:

»Es ist gut! Andreas – du gehst zu weit. Ich breche jetzt ab. Du gehst in mein Büro, und du, Marius …«

Er versucht währenddessen seinen Kollegen unauffällig abzudrängen, doch Andreas ist bockig. Andreas merkt, dass die Kinder seine Bockigkeit registrieren, und das stachelt seine Wut an. Er will jetzt unbedingt zu diesem störrischen Jungen. Er will ihm etwas klarmachen, sich durchsetzen, einen Punkt machen.

Marius erkennt einen Ringkampf.

Tatsächlich ist es nur ein träges Ausweichen und schlappes Nachfassen, vielleicht auch ein müdes Gerangel. Die Kinder finden's amüsant, weil harmlos. Den Ringkampf sieht nur Marius. Er sieht Fratzen, hört wildes Gebrüll. Marius ist in Gedanken ein paar Schritte voraus.

Wo ist das Messer?

Dort ist aber kein Messer!

Der andere lässt die Arme sinken und spricht mit dringlichem Unterton: »Andreas?! Glaubst du wirklich, dass du in diesem Zustand Probleme lösen kannst?«

»Natürlich nicht! Hältst du mich für doof?«, brüllt Andreas und verpisst sich in Windeseile.

Der andere wendet sich an Marius:

»Hör zu, Marius! Du schreist nicht und schlägst auch niemanden, und trotzdem ist dein Verhalten alles andere als nett. Es ist feindselig und aggressiv! Dass du uns nicht ansiehst und eigentlich nur noch ignorierst, ist verletzend.

Man merkt es nicht gleich, aber mit der Zeit wird man wütend und schließlich immer wütender auf dich. Ich denke mal, dass du das alles längst weißt! Ich bin mir sicher, dass du weißt, was du da gerade getan hast!«

Er denkt nach, wie er das Folgende formulieren will.

»Wir werden das nicht mehr tolerieren, Marius. Dein Verhalten ist absolut inakzeptabel! Es ist untragbar! Du musst dich ändern! Augenblicklich!«

Marius geht schnurstracks zum Rollwagen mit dem Geschirr, packt einen Teller und schleudert ihn in Richtung des Mannes. Er duckt sich rechtzeitig. Das Porzellan zerplatzt an der Wand. Es regnet messerscharfe Splitter und noch unter dem Klirren der zu Boden prasselnden Teile fragt Marius:

»Besser so?«

Die Kinder antworten mit einem Schrei. Da ist Erschrecken und Jubel, Freude und Empörung zu einem Laut geworden.

Der Mann rappelt sich langsam auf, schüttelt vorsichtig den Kopf und erwidert auffallend leise: »Ali, Stefan, holt ihr bitte einen Besen?«

Niemand rührt sich.

Während er vorsichtig mit den Fingern durch sein Haar fährt, antwortet er Marius: »Ich glaube, das war jetzt überhaupt nicht besser. Ich denke, das war sogar gefährlich. In jeder Hinsicht. Was meinst du?«

Trotziges Schulterzucken.

»Lass uns später reden. Ich muss mich erst mal beruhigen. Und holt jetzt endlich jemand einen Besen?«

Die Frage hat er geschrien.

Da kannst du lange warten.

2.3.1

Andreas hat einen Anschiss kassiert, vermeldet der Busch-funk.

»Wohl wahr«, meint ein Ohrenzeuge, »und wie!«

Marius hingegen wird in Watte gepackt! Das finden nicht nur die, die dabei waren.

»Wie sie ihm in den Arsch kriechen, seit er auf Psycho macht.«

Boris will natürlich seinen Freund verteidigen.

»Der hat Marius doch provoziert!«, behauptet er, was nie-mand glaubt, denn:

»Marius hat angefangen. Ich sag nur: Kapuze!«

»Der wollte ihn doch gar nicht treffen!«, erklärt Boris jetzt, aber auch das ist eine Sackgasse, denn:

»So was weiß man, wenn man einen Teller wirft! Er zer-bricht und die Splitter ...«

Die Pünktchen am Schluss bedeuten Splitter im Auge, in beiden Augen, aufgeschlitzte Gesichter, tiefe Löcher im Pelz oder sonst wo. Schlimmer noch! »So was weiß man« stellt auch ganz grundsätzlich fest: »Das weiß man, wenn man kein Psycho ist oder einen an der Klatsche hat!«

Boris stottert: »Klar weiß Marius das. Er war halt wütend und hat halt nicht nachgedacht.«

»Was? Das war Absicht, ich war doch dabei!« Und tatsäch-lich war der Wurf so elegant und passend, dass niemand an eine spontane Reaktion glauben mag. Auch Boris nicht.

»Wenn das keine Absicht war, wieso kriegt der Irre jetzt eine Extra-Behandlung? Der weiß ganz genau, was er will und wie er es kriegt. Marius weiß immer, was er tut! Die fres-sen ihm jetzt aus der Hand, weil sie Angst haben, dass er nochmal durchdreht und dann ein Mord passiert! Der Spasti hat die jetzt alle am Sack.«

»Am Sack hat er die«, echot die Gruppe.

»Nein. Echt nicht. Glaubt mir.«

Doch Jungs in diesem Alter lieben das Siegen.

»Schon klar. Wir wollten dein Liebchen nicht beleidigen.«

Das reicht. Nun muss Boris von Marius abrücken, Dinge klarstellen und Floskeln aufsagen wie »Ich weiß auch nicht, was in seinem Kopf vorgeht!«.

Am Ende seiner langen Verteidigung klingt jedes Wort wie Verrat, und nun haben alle das Gefühl, als wäre Boris ihrer Meinung. Jetzt heißt es: »Sogar Boris behauptet« oder »Wie selbst Boris zugeben musste«, und sie sind zufrieden, denn nichts beschreibt Marius besser als ein harsches Urteil, das man seinem einzigen Freund in den Mund legen kann.

Marius hört die ersten Zitate und tut nicht überrascht.

»Stimmt es, was Boris von dir sagt?«

Er ignoriert die Frage. Sie war auch nicht ernst gemeint. Eine beiläufige Katastrophe wird gespielt und niemand lässt sich etwas anmerken.

Doch in Marius rumort es.

Hatte er es nicht schon immer geahnt?

Dass auch Boris ihn irgendwann hintergehen wird.

War klar!

Er zwingt sich zu Vernunft. Doch ihm gelingt nur eine vernünftige Pose: Schulterzucken und Weitergehen.

War klar, dass der mich verrät.

Übrig bleibt das Problem. Marius ist das Problem! Probleme kriegen immer einen Namen.

2.4

Die Hand liegt ruhig und fest auf seiner Schulter. Der Detektiv weiß, was er tut. Marius ist zu erschrocken, um wütend zu sein. Er wird hastig durch stinkende Flure in einen Kabuff geführt, wo das einzige Fenster Sicherheitsgitter hat.

»Setz dich!«, schnarrt der Detektiv und lässt ihn los. Die Tür fällt ins Schloss und knallt wie ein Hoftor. Marius dreht sich erschrocken um und sieht, dass dort die Klinke fehlt.

»Ja, so ist das!«, sagt der Detektiv und Marius sieht ihn an. »Wenn man ein Dieb ist.«

Auch die Worte dröhnen an diesem Ort. Ihm ist nach Heulen zu Mute.

Der Detektiv erkennt Not, wenn sie ihm gegenübersteht, und wiederholt in sanfterem Ton: »Komm, setz dich erst mal!« Dann schlurft er zu einem Wasserkocher, schaltet ihn an. »Willst du 'nen Tee?«, fragt er und das ist eindeutig ein Friedensangebot. Jetzt, da er seine Arbeit getan und den Dieb dingfest gemacht hat, werden seine Bewegungen langsamer und ruhiger. Er lässt sich gemütlich nieder, lehnt sich zurück und wartet.

»Kommt gleich«, brummt er und meint die Polizei, nicht den Tee. Der Mann hat zu viele Diebe geschnappt, um die Komödie der Empörung aufzuführen. Manchmal sagt er zwar das ein oder andere, das verletzend ist. Doch hat er längst erkannt, dass es in einem Raum mit vergittertem Fenster kaum etwas gibt, das nicht verletzend klingt. Selbst gemütliche Jovialität hört sich hier nach ätzender Boshaftigkeit an. Die armen Schweine wittern ständig Tricks oder Ablenkungen, deswegen schweigt er stoisch und behält natürlich auch Formulierungen wie »arme Schweine« für sich. Seine

Vorsicht verhindert aber nur die groben Fehler, mehr nicht. Also nennt er die Sache beim Namen, spricht von »Dieben und Diebstahl« und macht den Wasserkocher an, der nach ein paar Sekunden so laut blubbert, dass niemand mehr reden will. Tee trinkt er nicht.

Das Polizeirevier ist gleich um die Ecke und Marius hat sich einen ruhigen Mittag ausgesucht. Er wird nicht lange warten müssen. An Samstagen oder während Sonderverkäufen stapeln sich die Kaufhausdiebe. Wenn das Arrestzimmer mal überfüllt ist, kocht nicht nur der Wasserkocher hoch. Aber heute ist Marius allein.

Dann klopft es. Wieder Schlurfen und Scheppern. Ein junger Polizist tritt ein: »Was hast du da?«

»Keine Ahnung! Er redet nicht.«

»Hat wohl einer zu viel Fernsehen gesehen?«, fragt der Polizist ohne Ironie.

»Nein, er ist jung und ...«, der Detektiv denkt nach, »ist auch egal, was er ist und was ich denke. Hier ist das Zeug, das er klauen wollte. Da mein Formular. Name fehlt, wie gesagt.«

»Willst wohl nicht reden?«, blafft der Polizist Marius an. »Du kommst sowieso erst mal mit aufs Revier. Wir werden schon rauskriegen, wer du bist! Spätestens wenn deine Eltern anrufen und verzweifelt ihren Sohn suchen. Los. Bewegung. Aufstehen. Kannst dir ja auf dem Weg zum Wagen überlegen, ob du nicht doch reden willst.«

Er nimmt das Papier vom Detektiv entgegen, wirft einen kurzen Blick drauf, nickt und tippt Marius an die Schulter.

»Los geht's, Meister! Und denk dran: Wir gehen jetzt langsam raus. Du rennst nicht, du fliehst vor allem nicht. Ja?

Ich bin schneller, ich bin stärker und ich bin die Polizei! Kapiert?«

Und da Marius immer noch schweigt und sitzen bleibt:

»Auch egal! Kannst es ja mal versuchen. Ich hab dich gewarnt …«

Er zieht ihn grob auf die Beine, schiebt ihn vor sich zur Tür, wo der Detektiv ihnen aufschließt.

»Mach's gut, Kleiner«, sagt er zum Abschied. Dann knallt ein Hoftor.

2.4.1

»Wart mal!«, schnarrt der Polizist und öffnet die Seitentür des Kastenwagens. Hinterm Steuer dreht sich ein älterer Kollege um. Marius wird auf die Rückbank geschubst. Während der Polizist hinter Marius auf die Rückbank rutscht, zwängt sich sein Kollege zwischen den Vordersitzen nach hinten durch und platziert sich ihnen gegenüber an den schäbigen Campingtisch. Der Jüngere tut überrascht und lästert:

»Was ist denn mit dir los? Willst du etwa den Schreibkram machen …? Hast du plötzlich Lust auf Polizeiarbeit?« Da der Ältere keine Antwort gibt, setzt er spöttisch hinzu: »Nun, dann hast du Glück, der hier redet nämlich nicht. Es wird also nicht viel zu schreiben geben.«

Und da lässt er ein Meckern los, dass wohl ein Lachen sein soll. Für Marius ist es nur ein Meckern.

»Ich übernehme«, antwortet der Kollege gelassen.

Daraufhin verschränkt der überraschte Polizist die Arme, lehnt sich demonstrativ zurück und gibt sich großzügig:

»Jetzt bin ich aber gespannt. Kommt nun etwa deine Psychologie und der ganze Schnickschnack? Der sieht nicht so aus, als würde er so bald losplappern ...«, und meckert schon wieder.

»Ich kenne dich«, wendet sich der Kollege direkt an Marius. »Du bist der Sohn der Kohlstetter, nicht wahr? Leider hab ich deinen Namen vergessen.«

»Marius«, sagt Marius und das Meckern hebt erstaunt die Augenbrauen.

Der Kollege legt ihm kurz, quasi wie zum Gruß, seine Hand auf den Arm, zieht sie sofort wieder weg, greift zur Seite, holt ein Zwölferpack Snickers aus einer Sporttasche und reißt ihn auf.

»Bitte, bedien dich!« Und zum Polizisten, der als Erster reagiert: »Gäste zuerst!«

Der hält tatsächlich kurz inne. Meckert wieder, will zugreifen, doch der Kollege zieht diesmal die ganze Packung zurück. »Gäste zuerst!«, raunzt er ihn an.

Marius nimmt zwei Riegel raus und gibt dem beleidigten Polizisten einen ab, der aber sicherheitshalber zum strengen Kollegen sieht. Der scheint nichts gegen diese Wendung zu haben.

»Ich hab mich immer mal wieder gefragt, wie es dir geht. Dass wir uns hier treffen, sagt mir, dass es dir nicht gut geht. Pass auf, Marius. Wir schreiben heute keine Anzeige. Mach dir deswegen also keine Sorgen. Ich will mit dir einfach sitzen und Snickers essen, während Rudi wieder reingeht und den Kaufhausdetektiv überzeugt, die Anzeige zurückzunehmen.«

»Ach ja?«, schnaubt Rudi. »Tut das der Rudi?« Da ihn niemand ansieht, mosert er beim Aufstehen: »Und was, wenn der Kaufhausdetektiv nicht mitspielt?«

»Dann sagst du ihm, dass ich mit ihm reden werde. Ich! Ja? Aber nur, wenn es ein Problem gibt.«

»Ich bin kein Laufbursche!«, schimpft Rudi weiter und der Kollege dreht sich doch zu ihm um, sieht ihn ernst an und erklärt: »Bring uns bitte noch Cola mit. Musst dich nicht beeilen. Geld kriegst du später.«

Rudi wird rot und schiebt leise die Seitentür zu. So leise, dass es Marius auffällt. Dann ist Rudi weg.

»Siehste den H&M da drüben?«

Marius sieht über seine Schulter zu dem groben Hauswürfel mit den riesigen Schaufenstern.

»Als ich ein Kind war, stand da ein zweistöckiges Haus. Kurzwaren Maier oder Müller hieß der Laden. Irgendwie so, kann mich nicht mehr an alles erinnern, aber ich weiß noch, wie sie das Haus samt Namensschild, Kleiderpuppen und Holzregalen abgerissen haben. Damals hat man sich nicht die Mühe gemacht, Müll zu trennen, und einfach alles zusammen weggebaggert. Anschließend hoben sie eine Grube aus! Ein Riesenloch, sag ich dir, sah aus wie ein Krater.

Bin mit Mutter dort an der Ecke stehen geblieben, weil ich den Bauarbeitern zusehen wollte. Ein Arbeiter mit Schubkarre latschte an uns vorbei und fragte mich, ob ich helfen will. Ich war vielleicht 6 oder 7 Jahre alt. So um den Dreh. Keinen Millimeter konnte ich das Ding von der Stelle bewegen. Er hat mir auf die Schulter geklopft und sich bedankt. Wenn du groß bist, meinte er noch, bist du stark. Dann kannst du mir helfen!

Von da an wollte ich unbedingt Bauarbeiter werden und

die Eltern waren ganz verzweifelt. Vater, ein Beamter im Katasteramt, Typ Ärmelschoner, wenn du weißt, was ich meine, er wollte nicht, dass ich Arbeiter werde. Mutter war eine Bürgerliche. Der Gedanke, dass sich ihr Sohn bei der Arbeit schmutzig machen könnte ... Katastrophe!

Anfangs lachten sie noch über meinen Wunsch. Irgendwann ohrfeigte mich Mutter und meinte: Wenn du noch einmal Bauarbeiter sagst, dann steck ich dich ins Heim. Früher drohte man Kindern ständig mit dem Heim, wenn sie etwas falsch machten. Es waren andere Zeiten.

Die Eltern zwangen mich später, Beamter zu werden. Na ja – »zwangen« – das ist etwas übertrieben. Ich hatte keine Ahnung, was für Berufe es gibt. Sie hatten es mir irgendwie schmackhaft gemacht ... Jetzt frag ich mich, Marius: Bin ich Bulle geworden, weil ich nicht den Mut hatte, meinen Eltern zu widersprechen? Oder bin ich es geworden, weil ich ihnen eins auswischen wollte? Du hättest meine Eltern nämlich sehen sollen, als ich ihnen eröffnete, dass ich Polizist werde. Polizist? Unser Sohn steht bei Wind und Wetter auf der Straße, verteilt Knöllchen, regelt den Verkehr? So dass jeder es sehen kann? Ich bin zwar Beamter geworden, wie sie wollten. Ich bin aber kein anständiger Beamter, wie sie es sich vorgestellt hatten. Was meinst du, Marius? Bin ich ein braver oder ein böser Sohn?«

»Beides.«

Sie sehen sich lange an. Dann nickt der Ältere.

»Du hast recht. Beides.«

Er sieht wieder zu den Vitrinen mit dem schicken Ramsch.

»Sie haben in die Grube diesen Kasten gestellt. Er sah damals noch etwas anders aus. Die Fassade war gemustert.

Nein, ein Raster war es. Wir sind zur Eröffnung hin und ich sah da drin die erste Rolltreppe meines Lebens. Ich hatte mich gefreut, weil mich die Rolltreppen an die Fuhrwerke auf dem Rummel erinnerten. Oje …«

Er lacht laut. »Das ist peinlich.«

»Ist nicht peinlich«, beruhigt ihn Marius. »Ich wollte auch immer auf der Rolltreppe spielen. Gegen die Richtung laufen oder auf der Abdeckung am Rand balancieren, während man vom Handband gezogen wird.«

»Das war früher strengstens verboten! Die Großen hatten uns erzählt, dass man sich die Finger einklemmt, die Füße ebenso. Sie behaupteten sogar, dass man unters Gitter gezogen wird und als Hackfleisch unten wieder rauskommt.«

Und wieder lacht er.

»Jedenfalls, und frag mich nicht, warum ich dir das gerade erzähle, hatte ich eine ältere Schwester und sie war der Liebling unserer Mutter. Also echt! Nicht nur so gesagt, weil Eifersucht oder so ein Blödsinn. Sie war ihr Liebling. Ist immer noch so. Jedenfalls sind wir, meine Schwester, Mutter und ich, jeden Samstag bummeln gegangen. Zur Baugrube hatten sie mich nie wieder mitgenommen, in dieses verdammte Kaufhaus wurde ich aber mindestens ein Mal die Woche verschleppt! Ich zog einen Flunsch, weil ich das Kaufhaus nicht mochte und es auch keine Spielzeugabteilung gab. Mutter hatte Angst, dass ich herumstreunen und dabei etwas kaputt machen könnte. Das Schlimmste sei, so sagte sie immer, dass sie sich dann vor aller Welt schämen muss. Wegen mir! Also, was hat sie gemacht?«

Er sieht Marius eindringlich an und der denkt auch wirklich nach, aber es fällt ihm nur das Naheliegende ein:

»Sie mussten zuhause bleiben?«

»Ich sehe schon, du hast das Herz auf dem rechten Fleck. Ich hab nie verstanden, warum ich trotzdem mitmusste. Ich wurde mitgeschleift, jeden Scheißsamstag! Aber jetzt kommt die größte Sauerei: Ich wurde direkt neben der Rolltreppe geparkt. Dort musste ich stehen bleiben, bis wir wieder heimgingen! Die beiden gingen bummeln, brachten Tüten vorbei und gaben sie mir zur Aufsicht. Damit mir ja nicht langweilig wurde ... Wenn sie das Stockwerk wechselten, nahmen sie mich dorthin mit und ließen mich wieder neben der Rolltreppe stehen. Nun kommt der Witz: Damals gab es auf den Handläufen der Rolltreppen noch Markierungen. Das waren Punkte, so groß wie Zwei-Euro-Münzen und nikotingelb oder grau. In regelmäßigen Abständen hatte man die dort aufgemalt und mit der Zeit waren sie ganz verkratzt oder hatten Kerben. Jedenfalls hatte ich mir den auffälligsten Punkt gemerkt und dann die Punkte gezählt. Zuerst auf dem linken, dann dem rechten Handlauf, bald kannte ich die genaue Anzahl der Punkte eines jeden Laufbandes an jeder Rolltreppe in diesem und später sogar jedem anderen verdammten Kaufhaus meiner Kindheit!«

Marius starrt grimmig und beeindruckt zugleich Richtung H&M und sagt leise: »Das ist total irre!«

»Du hast recht: Total irre!«

Sie starren beide ins Leere. Dann setzt sich der Polizist auf, beugt sich über den Tisch und seufzt.

»Ich hasse Kaufhäuser. Ich drück mich darum reinzugehen und schicke die Kollegen vor, wann immer ich kann. Ich hasse die Musik da drin, den Gestank, die Verkäufcr, dic Kunden, alles. Ich hätte heute da reingehen sollen und hab Rudi reingeschickt. Ausgetrickst hab ich ihn, deswegen war er auch so sauer. Du hast es ausbaden müssen! Das war meine Schuld! Kannst du mir verzeihen?«

»Klar doch.«

Marius ist die Frage peinlich. Außerdem wurde er noch nie um Verzeihung gebeten. Der Gedanke, dass man sich auf solch eine Bitte auch noch Zeit für die Antwort ließe, ist ihm mindestens so unangenehm wie die Frage selbst. Klar doch, sagt er, weil er nicht weiter darüber sprechen will, und deswegen setzt er nach:

»Lass es uns einfach vergessen!«

Erleichtert lehnt sich der Polizist wieder zurück.

»Danke«, meint er noch und nach einer kurzen Pause: »Da kommt unsere Cola.«

2.5

»Die Schule fragt an, ob du mal wieder vorbeischauen könntest.«

Marius ignoriert die Provokation und geht einfach weiter.

»Keine Antwort ist auch 'ne Antwort? Wenn das nicht deine berühmte Masche ist? Was?«

Der Typ ist wütend.

Der Schwätzer!

»Kommst dir wohl cool vor?«

Der gibt keine Ruhe.

»So richtig cool, was?«

»Wieso machst du mich an?«

»Ich? ICH mach DICH an?«

»Lass mich in Ruhe!«

Ein weiterer Erzieher eilt hinzu, zieht den anderen in ein Büro und redet ihm dort ins Gewissen: »Wenn du weißt, dass Marius uns nicht antwortet, warum fragst du ihn dann vor allen? Um Himmels willen! Jeder kriegt mit, wie sehr dich das aufregt und belastet. Was soll das? Die Kinder sehen, dass er dich langsam, aber sicher auf die Palme bringt. Es wird nicht mehr lange dauern und die ersten machen es ihm nach! Das hier wird bald zu einem ganz bösen Spiel, das wir nur verlieren können. Also halte dich verflucht nochmal zurück! Ja?«

Andreas sieht ihn weidwund an.

»Hast du mich verstanden? So geht das nicht. Ja?«

Nicken.

»Aber wir müssen was tun! Wir können uns das doch nicht gefallen lassen!«

Diesmal nicken beide.

2.5.1

»Sven hat mit mir geredet ...«

»Wer ist Sven?«

Boris starrt Marius an, fragt sich, ob das alles nur Show ist, und findet keine Antwort.

»Na – unser Sven? Heimleiter Sven. Kaum Haare, blaue Augen. Nett ...«

Das »nett« hat er natürlich nicht ernst gemeint. Irgendwann nennen Kinder alle Erwachsenen nett. Marius reicht dieses Etikett. Nett. Je weniger er weiß, desto weniger muss er vergessen.

Den Namen hat er längst wieder vergessen. Den Anfang ihres Gesprächs ebenso. Boris hat genau beobachtet, wie Marius wieder in seine Tagträume und Grillen eintauchte. Er kennt diesen starren Blick ohne Liderzucken. Was immer Marius gerade sieht, es ist nicht in diesem Zimmer.

Der hört dir nicht zu und der redet auch nicht mit dir, denkt Boris, der nicht.

»Er fragt, ob wir Zimmer wechseln wollen.«

»Cool. Kriegen wir etwa ein größeres Zimmer?«

»Nein. Er fragt, ob wir neue Mitbewohner wollen.«

»Fragt wer?«

»Sven!«, brüllt Boris.

»Scheiß Sven«, meint Marius.

»Scheiß Sven, ja«, wiederholt Boris. Hat sich Marius den Namen endlich gemerkt oder plappert er ihn einfach nach?

»Wieso fragt der das?« Boris zögert.

»Wieso fragt er eigentlich nur dich?«, hakt Marius nach.

»Er müsste doch auch mich fragen. Oder?«

»Keine Ahnung!«, antwortet Boris schnell und denkt: Der hat also doch zugehört.

Marius richtet sich auf und sieht Boris grimmig an.

»Was hat er genau gesagt?«

Boris kann nicht lügen und weiß das auch. Er schafft es nicht mal, unangenehmen Fragen aus dem Weg zu gehen. Er wird die Wahrheit sagen.

»Und lüg nicht!«

Boris zuckt mit den Schultern:

»Sven sorgt sich um mich. Ich werde neben dir immer stiller, sagt Sven, immer zurückgezogener. Ich soll in ein positiveres Umfeld.«

»Ach? Weg von mir?«

»Ja.«

»Ich bin also nicht positiv?«

»Sagt Sven.«

»Ist alles meine Schuld. Ja?«

»Schon.«

Marius springt wütend auf.

»Was? Das ist jetzt nicht dein Ernst? Oder?«

»Weiß nicht. Ich mein, du redest kaum noch mit mir.«

»Dafür hast du doch neue Freunde. Du bist ja plötzlich Kumpel mit allen. Alle quatschen mit dir und du ...«

»Die reden nur über dich!« Marius sitzt wieder.

»Was?«

»Sie reden nur mit mir, weil sie mich über dich ausfragen. Weil sie sich auskotzen wollen.«

Boris holt tief Luft und sagt lauter, als er vorhatte:

»Über dich kotzen sie sich aus. Du bist hier der Star, nicht ich. Stehst immer im Mittelpunkt und –«

»Star? Ich? Ich geh in mein Zimmer, ich rede mit niemanden!«, verteidigt sich Marius und ist überrascht, dass er das tut.

»Ich interessiere mich nicht für die!«, schreit er zur Tür, weil es genau so ist.

»Diese Pissnelken!« – Mamas einziges Schimpfwort!

Boris schüttelt den Kopf und Marius wiederholt: »Was?«

»Dir ist alles scheißegal. Das wissen die auch längst. Das musst du denen echt nicht mehr sagen! Sie halten das aber für ...«

Boris sucht das Wort und findet's nicht.

»Na – Superstar halt! Weißt schon. Applaus und Stinkefinger. Ihr könnt mich mal! Wer sonst kann sich das erlauben? Nur der Star!«

»Und du? Glaubst du das auch?«

»Ich? Was soll ich da noch sagen?« Plötzlich strahlt Boris. Ihm ist das Wort eingefallen: »Starallüren, die hast du. Starallüren, sagen die!«

»Scheiß auf die!«

»Genau das mein ich.«

»Was?«

»Scheiß auf die! Auf alle? Sie haben recht! Du fühlst dich als etwas Besseres! Wer sonst kann auf alles und jeden scheißen?«

Marius springt schon wieder auf. Diese Wut kennt er. Der Sohn von Jürgen Kohlstetter brüllt. Stehen bleiben macht keinen Sinn. Hinsetzen sowieso nicht. Er geht im Kreis.

»Diese Arschlöcher.«

Wohin will er jetzt?, fragt sich Boris. Marius' Not ist ihm näher als die eigene. Das Drama ihrer Freundschaft ist, dass es umgekehrt nie so war. Marius weiß nicht, was in Boris vorgeht, und auch das weiß nur Boris.

Marius tritt gegen den Schrank und das Geräusch weckt ihn.

Denk nach!

Er geht zur Wand, steigt in seine Schuhe, nimmt den Rucksack.

Der soll seine Ruhe kriegen! Der arme Junge.

Schon nicht mehr Boris … Der soll seine Ruhe kriegen.

Kekse nehm ich mit.

Und sonst nix.

Boris überlegt, ob er ihn an die Temperaturen draußen erinnern soll, und bleibt still.

Marius geht zur Tür, geht hindurch, geht ohne Gruß. Die Tür lässt er offen, und Boris hört deutlich, was draußen passiert:

»He, Marius, was soll das? Wohin gehst du?« Pause.

»Aber du darfst jetzt nicht mehr raus, es ist 22 Uhr. Und –«

Noch lauter:

»Du bist erst 16!«

2.5.2

»Hast du das mitgekriegt? Sven ist ans Telefon und –« Ab hier spielt er alles nach, hält die rechte Hand ans rechte Ohr und flötet: »Hallo? Polizei? Ein Junge hat unerlaubt das Heim verlassen. Wann? Gerade! Was? Ja, das weiß ich! Ich weiß, dass Sie jetzt noch nichts unternehmen können. Das weiß ich doch! Wenn Sie nur festhalten würden, dass ich angerufen habe. Und die Uhrzeit. Das ist wichtig!«

Alle lachen.

Anschließend buchstabiert er Svens Nachnamen fürs Polizeiprotokoll und alle buchstabieren mit. Wie bei einem Countdown brechen sie nach dem letzten Buchstaben in krachendes Lachen aus und Boris lacht am längsten.

2.6

Warm.

Wer draußen lebt, sucht Wärme und Schlafgelegenheiten.

Schön.

Die Nacht hinterlässt einen feuchten Film aus Schweiß und Nebel an Körper und Klamotten. Je kälter die Nacht ist, desto nasser fühlt sich alles an. Wenn die Sonne aufgeht, denkt man nur das eine:

Warm und trocken, bald.

Marius hat sich am Spielplatz eingerichtet. Er wohnt oben im Rutschenhaus, weil er dort nachts schlafen und morgens gut trocknen kann. Unter der Woche kommen die Kinder aus den Kindergärten erst gegen 11 Uhr. Am Wochenende stehen sie allerdings zwei Stunden früher auf der Matte. Und mit ihnen die genervten Eltern.

Deren Vertreibungstechniken hat er auch schon alle durchgespielt.

Resolute Väter.

»He, Kumpel. Mach die Fliege.«

Resolute Mütter.

»Tja, das tut mir leid, aber das ist ein Spielplatz. Und ehrlich, ich will nicht roh klingen, aber vielleicht suchst du dir besser einen anderen …?«

Der weinerliche Rest.

»Oh! Hast du uns erschreckt. Nein, Phillip, lass den Mann in Ruhe. Darf Phillip kurz mal rutschen? Ist ja ein Platz für Kinder. Komm, Phillip! Nein, Phillip, der Mann will nicht rutschen. Der ist ja kein Kind mehr. Haha …«

Rentner.

»Ich hab dich beobachtet. Ich kenn dich nicht. Was willst

du hier? Sprichst du Deutsch? Hau ab oder ich ruf die Polizei! Verstanden? Hast du nicht verstanden? Weg, weg, weg hier, aber dalli!«

Nachts ist er ungestört. Niemand kommt und nervt, denn es ist stockdunkel und man sieht nichts, schlägt sich bestenfalls an den Gerüsten die Rübe an und stolpert. Das hält Drogendealer, Rentner und Trinker fern.

Hundebesitzer meiden den Spielplatz rund um die Uhr. Die Strafen wären drastisch, wenn sie mit kackendem Hund erwischt würden,

Von den Rentnern

wenn sie auch noch in der Nachbarschaft verpetzt würden.

Von den Rentnern

Ein Hundehalter, der seinen Köter in den Sandplatz scheißen ließe, rangierte noch unter Marius.

Der Scheißtyp mit seinem Scheißköter

Der sollte sich in der Gegend besser nicht mehr blicken lassen!

Wie sie mich wohl nennen?

Er steht auf, wischt den feuchten Sand von seiner Hose, stellt sich an die Reling und streckt seinen Arsch zum Trocknen ins Licht.

Schon komisch

Und dann die Einsamkeit.

Warm. Bald ist es warm!

Die Einsamkeit, die Worte macht.

Der da!

Wieso steht der in aller Früh auf? Obwohl der bestimmt ein Bett hat. Geht's noch? Spinnt der?

Warum legt der sich nicht wieder hin? Der alte Mann.

Keinen Hund ... Der muss nicht aufstehen. Hat doch ein Bett. Wieso steht der dann auf? Ohne Grund. Blöd?

Gehen kann er auch nicht mehr richtig. Lächerlich, wie der humpelt. Ganz steif und krummer Rücken. Wie 'ne Marionette ausm Puppentheater.

Seid ihr alle da? Haha.

Keine Nacht könnte der hier draußen schlafen. Überlebt der nicht. Den müssten sie mit der Motorsäge aus dem Klettergerüst schneiden. Oho! Er hebt den Hut zum Gruß! Wie alt ist der denn?

Er steht in seinem Ausguck und lacht über nix. Doch das wissen die anderen nicht und halten ihn für gaga.

Gaga

Er nickt.

Gaga. Sind alle gaga. Kaka. Lass den Scheiß. Geh pissen!

Er lacht laut.

Schon komisch. Gaga, Kaka, Pissen.

Lacht noch mehr. Rutscht die Rutsche runter.

Rutschen runterrutschen.

Denkt, dass die anderen ihn lachen sehen, und

Hör auf!

prustet jetzt erst recht los.

Jetzt sind die Schuhe nass!

Augenblicklicher Stimmungsumschwung. Verärgert stapft er weiter. Der Sand speichert Feuchtigkeit und seine Schuhe sind aus Stoff. Überall klebt braungraue Paste, mit jedem Schritt werden die Füße schwerer.

Werd nicht mehr trocken heut

Am Spielplatzrand geht er an den Bänken vorbei in die Büsche.

»Hast du hier neulich reingeschissen?! Muss das sein? Die Kinder spielen dort verstecken und dann ist alles voller Kacka!«

Wieder muss er lachen.

Pissnelken

Er geht durch die Büsche durch

An den Pissnelken vorbei

und quert den dahinter liegenden Gehweg, bleibt am Bordstein stehen und pisst in den Gully.

»Muss das sein?«

Schon wieder ... Schon komisch!

»Hast du kein Zuhause?«

Schon

»Was, wenn ich bei dir zuhause an die Häuserwand pisse!«

Alles komisch.

Das Problem am Morgen sind die vielen Probleme am Morgen.

Alles saukomisch!

»Zeigt der seinen Pimmel? Hier direkt neben einem Spielplatz? Geht's noch? Hör mal, du kleiner Scheißkerl!«

Haha

Jetzt gibt es Streit hinter seinem Rücken.

Auch komisch!

»So pinkeln Männer eben. Ich mein, nicht jeder Mann, der seinen Pimmel in der Hand hält, ist gleich ein Vergewaltiger.«

»Ach. Woher weiß ich das? Doch immer erst, wenn es längst zu spät ist!! Zeigt hier seinen Schwanz, direkt hier neben dem Spielplatz, und dann? Will's wieder keiner geahnt haben!«

Diese Pointe kriegt Marius nicht mehr mit. Er ist auf der anderen Straßenseite gelandet, wo die Sonne den Putz wärmt. Er steuert auf den Gemüse-Türken zu, der gerade eine Stellage Birnen rausstellt.

Glück muss man haben.

Der Mann bleibt aber neben seiner Ware stehen, grinst Marius breit an und sagt:

»Guckst du, was? Ist lecker. Musst du probieren!«

Dann gibt er ihm eine Birne. Marius sieht ihn ernst an.

Will der mich verarschen? Ich hab kein Geld!

»Und die hier …«

Er nimmt eine Handvoll Aprikosen und reicht sie dem verdatterten Jungen.

»So schmeckt Anatolien. Darf ich leider nicht essen, sonst muss ich weinen! Dann lacht meine Frau. Lacht mich aus. Das geht doch nicht …«

Und lacht. Zwinkert Marius zu und geht wieder rein, den Rest holen, und lässt Marius allein.

Unbeaufsichtigt!

Die Aprikosen stopft Marius in die Bauchtasche und an der Birne riecht er vorsichtig, während er weitertrabt. Er hat Hunger, großen Hunger, und doch kann er gerade nicht essen. Irgendetwas hält ihn zurück.

Beiß endlich rein!

Er dreht rasch um und eilt dorthin zurück, wo ihn ein überraschter Gemüsemann anstarrt, der gerade Kakis sortieren wollte. Glückliches Kind ruft: »Danke, Mann!«

Danke dir.

Sie lachen. Marius macht wieder kehrt und auf einmal schlendert er und hat die Nacht vergessen.

Birnenbeißer. Rissbenreiben. Neibribnesser.

2.6.1

Kälte, Nässe, Pissen, Scheißen, Durst und Hunger – nicht immer in dieser Reihenfolge, aber das sind die Hindernisse des Tages, eines jeden Tages. Immerhin: Sie lassen sich meistern.

Am schlimmsten aber wiegt die Langeweile. Ohne Termine, ohne Schulglocke und »Licht aus, Schlafenszeit!« fehlt es den Tagen an Einteilungen und Marius an Orientierung.

Er genießt die warmen Tage und die leichten Diebstähle. Doch am Abend kann er sich kaum erinnern, wie der Tag vorübergegangen ist. Geschweige denn, was von ihm übrigbleibt! Er liegt auf seinem Bauch, um den schmerzenden Rücken zu entlasten

Matratze wäre jetzt schön.

und blubbert vor sich hin.

Und 'ne Heizung! Lustig.

Der erste Tropfen fällt ohne Absicht auf die Holzbohle unter seinem Kinn. Wenig später häufen sich die Spuckebläschen zu einem schaumigen Halbrund auf, an dessen Spitze die größeren Blasen langsam schrumpfen, kleiner werden und schließlich zum ordinären Schleim am Boden hinabsinken. Marius sorgt fleißig für Nachschub, bis ihm das langweilig wird. Also rückt er näher ran und sieht in den vielen seidigen Membranen sein eigenes Auge vielfach zurückstarren. Schließlich schnurren auch diese Bilderchen zusammen, gehen nicht verloren, sondern schrumpfen auf ein unbedeutendes Maß, zu all den anderen kleinen, unsichtbaren Augenblicken.

Eigentlich ist es nur Rotz.

Langeweile ist die Herrscherin im grenzenlosen Reich der Obdachlosigkeit. Wenn nicht der immer wiederkehrende

Stress wäre, bliebe sie auch die alleinige Chefin in Marius'
kleinem Sprengel, einem Radius von 400 Metern rund ums
Rutschenhäuschen.

Aber dann!

Kommt der erste Platzregen ohne richtigen Unterstand.

Bald darauf!

Ein zweiter in offenem Gelände, und Marius wird einfach
nicht mehr trocken, und als er nur irgendwie trocken ist,
fühlen sich die Klamotten steif an und sein Schritt ist wund-
gerieben.

Oder!

Ein Kunde beim Bäcker reagiert blitzschnell und reißt
ihm die Papiertüte aus der Hand. Marius schafft es noch ins
Freie, doch die Brötchen bleiben drinnen auf dem Boden und
füttern die Mülleimer.

Marius lähmt seither ein Schrecken. Er traut sich nicht
mehr auf Raubzüge, hungert, bis ihm schwindlig wird, und
findet eher zufällig die mobile Essensausgabe der Caritas im
Hof einer stillgelegten Fabrik. Der Frau am Tor fällt er in die
Arme. Er zittert und muss übersüßen Tee schlürfen, bevor er
etwas essen darf.

Was reden die von Blutzucker?

Beim ersten Biss in ein trockenes Brötchen fährt ein Strom-
schlag in seinen Kiefer. Sofort ist auch der Hunger vergessen.
Er spürt überdeutlich, dass Essen keinen Spaß macht.

Das tut weh.

Dass Essen unangenehm ist. Man es lieber lassen würde.

Weil es weh tut!

Und doch isst er.

Gierig hungrig. Hierig gunrig. Rigrig niehug.

Auch Schlucken schmerzt und auch das ist neu. Er schließt die Augen und denkt sich eine Röntgenaufnahme, auf der sich ein kleines Stück

Ein Stein? Einstein? Seitnein!

die Speiseröhre runterquält. Oder …

Ein Penner stellt sich ihm am helllichten Tag in den Weg. Er packt Marius am Hoodie, schüttelt ihn durch. Er schlägt ihm mit seiner dreckigen Pfote ins Gesicht. Er zerrt, er – Marius hat die meisten Details vergessen! Aber es reimt sich auf Gewalt!

Das alles macht der Penner mit einer Selbstverständlichkeit, als würde er sich am Arsch kratzen. Marius weint, doch das erbarmt den Stinkmorchel nicht.

Ein Mann im Anzug springt Marius zur Seite, tritt dem Angreifer gegen das Bein, worauf der wie ein Stein zu Boden plumpst. Dort kriegt der Penner weitere Tritte, diesmal in den Bauch, bis er wie eine defekte Klospülung rülpst und wimmert. Marius flüchtet in irgendeine Richtung. Zum Glück kümmert sich der Anzug weiter um den Penner.

Er hat ein geschwollenes Auge, Kratzer im ganzen Gesicht.

Davongekommen!

Er heult und kann es nicht unterdrücken.

Das war knapp. Glück muss man haben.

Seither starrt Marius in Himmel und Gesichter, sucht dort Zeichen für das nächste Beben wie ein Grubenhund im Stollen. Er macht einen Bogen um alles, Kinder, Kinderwagen, Hauseingänge, Schatten, egal.

Marius verlässt sein Rutschenheim und damit seinen Lebensmittelpunkt. Er erträgt die schimpfenden Eltern nicht mehr. Rentner sowieso nicht.

Er streift durch unbekannte Viertel und hält nach todsicheren Gelegenheiten Ausschau. Aber todsicher ist nichts mehr. Ständig melden sich Sorgen, kurze Einspieler voller Gefahren, Bilderblitze. Er weiß, dass er das nur träumt. Manchmal werden Träume aber wahr.

Er verliert die Ruhe, kriegt es mit der Angst und sieht sich hektisch um, schreckt, gerade eingeschlafen, wieder auf –

Da war doch was?

Und plötzlich sitzt der blanke Stress auf dem Thron und herrscht ihn an. Die Langeweile rückt genügsam ins zweite Glied und macht, dass die schönen Tage zwischen Schrecken und Gewalt schnell vergehen und noch schneller vergessen sind.

Marius wünscht sich Ruhe und Sicherheit. Doch Wünsche, das weiß Marius ...

Bin ja nicht blöd

Er ist ja nicht blöd! Und deswegen wiegt die Frage so schwer:

Warum nur geht er nicht ins Heim zurück?

2.7

»Bist du Marius?«

Wer ist das?

Marius lacht nicht.

»Endlich treff ich dich!«

Brauch gar nicht losrennen! Die ist bestimmt schneller als ich! Bestimmt ist die schneller! Ganz bestimmt!! Viel schneller.

Drogen

Soll ich die Geschichte in leicht verständlichen Häppchen weitererzählen? Soll ich immer wieder aufs Neue einen Zufall inszenieren, der elegant oder überraschend eins zum anderen fügt? Sollte ich nicht endlich mal von Drogen zum Beispiel erzählen?

Drogen, das ist guter Stoff – literarisch gesprochen. Unterhaltsam! Seit hundert Jahren sind sie die große Ablenkung für den modernen Menschen. Entweder man nimmt Drogen, oder man liest darüber, wie andere sie nehmen. Man nimmt Drogen, wenn man nicht weiterweiß.

Marius soll Drogen genommen haben. Der Verdacht wird immer wieder geäußert.

Welche Drogen?

»Der Junge schnüffelte.«

Dann sieht man sich die Zeugen an, eine Hausfrau und ihr Mann, beide 'ne Zigarette im Anschlag und garantiert die TV-Programmvorschau aufm Klo.

»Schnüffeln?«, frag ich nach und sie antworten im Chor:

»Pattex oder was weiß ich.«

Dann frage ich einen, der sich auskennt, und der weiß viel:

»Kann sein. Lösungsmittel vielleicht? Pattex? Kann auch sein. Henkel verkaufte den Stoff gerne in die Dritte Welt, Südamerika vor allem. Dort war Pattex ein Erfolgsschlager, weil billig. Zerstört die Großhirnrinde. In Deutschland ist Schnüffeln eher ein Chemie-Experiment für Gymnasiasten. Sie lassen es in aller Regel aber bald wieder sein. Ist nicht interessant genug. Und die vielen Allergiker riskieren einen Lungenkollaps oder bilden sich einen ein! Kann beides tödlich ausgehen.«

Er lacht nicht.

Hat Marius etwa gekifft? Kiffen kostet! Der hat nix zu fressen und kauft Dope? Von welchem Geld?

Mein Zeuge zum Thema »Kiffen und Kinder« ist Journalist und er weiß immerhin von allem ein bisschen:

»Die Kids auf der Straße teilen. Auch Drogen. Manchmal überfallen sie gemeinsam einen Dealer im Park, die armseligen Laufburschen der eigentlichen Dealer. Andere betteln, fast alle betteln. Das Geld geben sie dann lieber für ein kurzes High statt für Essen aus. Es ist schlicht eine Frage der Prioritäten. Und die Straße hat eigene Gesetze!«

Das sagt er wirklich und fährt fort:

»Würdest du so leben wollen? Oder ich? Nein, natürlich nicht. Schwer verständlich ist, was sie tun, aber sie tun es.«

Und hier kommt sein Resümee:

»Was will man machen?«

Er sagt das in fetten Lettern, als wollte er einen Titel formulieren. Das soll wohl Nachdruck sein.

Ein Polizist glaubt an Alkohol. Er holt tief Luft, bevor er ausatmet:

»Alkohol ist unschlagbar billig, unendlich verfügbar, leicht zu besorgen. Wir lieben Alkohol. Die Wirkung hält lange an, er ist auch nicht verboten. Er ist vor allem und im Gegensatz zu allen anderen Drogen legal. Die reichen Kids kaufen sich Wodkaflaschen in rauen Mengen, kriegen nicht alles runter und geben die halbleeren Flaschen an Obdachlose weiter oder lassen sie einfach an Kellerfenstern oder Haltestellen stehen. Sonntagmorgens sollte es kein Problem sein, an Alkohol zu kommen. Zwischen Diskos und den besseren Wohngebieten liegt eine Spur. Musst dich nur überwinden und aus fremden Flaschen trinken. Viele Streuner kennen zudem die Lieferzeiten der Supermärkte und lauern dort auf Gelegenheiten. Und nicht zu vergessen: Ein halber Liter Korn kostet dreineunundvierzig! Drei Euro neunundvierzig! Das reicht locker, um einen Heranwachsenden so richtig abzuschießen. Irgendwann braucht er natürlich mehr. Man gewöhnt sich schließlich an alles. Aber erst mal …? Passt.«

Ich kann meinen Mund nicht halten und frage nach: »Und wie stehst du zum Thema Drogen?« Und denke: Du als Polizist!

Er stampft auf. Mann, ist der geladen!

»Alles freigeben und dafür sorgen, dass niemand aus Elend oder Einsamkeit Drogen nimmt!«

Er verabschiedet sich mit einem bitteren Grinsen und ruft noch: »Fernsehen oder Heroin? Die Unterschiede interessieren nur Mediziner oder Politiker! So oder so heißt es am Ende immer Hirntod! Viel Spaß beim Schreiben!«

Ich beschließe, dass Marius nicht trinkt. Er, der seinem Vater das Trinken nicht verzeihen kann, soll nicht trinken.

Ich will das nicht.

2.7f

Bestimmt ist die schneller!

Marius sieht sich um und stellt erleichtert fest, dass er nicht allein mit ihr ist.

Da ist auch ein Mann im Anzug.

»Ich bin Katrin. Ich arbeite für die Obdachlosenhilfe. Ich will nur mit dir reden. Renn bitte nicht weg.«

Du bist eh schneller.

»Da bin ich aber erleichtert.«

Bist du nicht.

»Ich bin nicht gut zu Fuß.«

Erst jetzt bemerkt er den Gips an Katrins linkem Knöchel.

Ich sollte es vielleicht doch probieren.

»Hab schon gehört, dass du uns vom Sozialamt nicht so prickelnd findest«, verrät Katrin lachend und lässt sich neben Marius auf die Parkbank plumpsen.

Geld, Unterkunft, Dusche, saubere Klamotten und »einen vollen Magen«! Sie verspricht ihm das Blaue vom Himmel.

»Wenn du willst«, streut sie in regelmäßigen Abständen ein und »Du musst entscheiden! Du allein!«, damit Marius keine Angst kriegt. »Du allein entscheidest!«, wiederholt Katrin immer wieder und genauso oft: »Kannst jederzeit gehen. Deine Entscheidung!«

Katrin redet, bis Marius endlich etwas sagt.

»Und mein Hoodie?«

Eigentlich wollte Marius fragen, ob er den dort waschen kann. Er hat ja nie viel gesprochen. Seit er aber draußen lebt, ist auch das Wenige auf ein Dutzend Silben zusammengeschrumpft.

Katrin muss ein Lachen unterdrücken. »Hat Löcher ...?«, rät sie amüsiert.

Was meint sie?

Die Löcher sind Marius noch gar nicht aufgefallen. Entsetzt starrt er aufs erste, kontrolliert die Nähte und findet immer mehr. Er steckt aufgewühlt einen Finger durch einen breiten Riss und Katrin hat augenblicklich Mitleid mit dem verzweifelten Jungen.

Scheiße, mein Hoodie!

»Das lässt sich bestimmt flicken. Ich kann ein bisschen nähen. Zum Löcherstopfen reicht's allemal. Versprochen. Vorher sollten wir das Ding aber waschen. Das ist allerdings ein Problem!«

Marius sieht sie erschrocken an. »Ich hab kein Geld!«

Katrin schüttelt den Kopf.

»Du brauchst kein Geld. Hatte ich dir doch gerade schon erklärt. Das Problem ist, dass es dauert, bis der Hoodie gewaschen und auch wieder trocken ist. Garantiert wirst du über Nacht bleiben müssen. Wir haben zwar eine Unterkunft und frische Klamotten. Du kannst auch bei uns schlafen. Aber willst du das? Das kannst nur du entscheiden, Marius. Ich will dich zu nichts zwingen!«

Er würde gerne »Nein« sagen und ahnt, dass er dazu keine Kraft hat. Er ist müde und vor allem ist er wund. Zwischen den Beinen ist ein Schorf aus Scheiße, Blut und Wundkrusten. Seine Hose ist mittlerweile brettsteif und die Säume scheuerten sich beständig durch die Haut ins Fleisch und scheuern weiter.

Wann hat er sich wohl das letzte Mal ausgezogen? Wann gewaschen?

Nach dem ersten Regenschauer, der ihn bis auf die Knochen durchgeweicht hatte, tröstete er sich zähneklappernd mit der Illusion von porentiefer Reinheit. Tatsächlich roch nur der Hoodie frisch, sein eigener Gestank stieg anschließend umso deutlicher und widerlicher aus dem Kragen auf.

Bis zu diesem Platzregen hatte er sich gewundert, wieso sich Leute nach ihm umdrehten, wenn er hinter ihnen stand. Dann wusste er Bescheid.

Ich stinke wie Sau!

»Und?«, fragt Katrin und lässt sich nichts anmerken. »Willst du noch ein bisschen nachdenken? Ich muss hier Sachen erledigen, Leute treffen. Hab ein paar Freunde länger nicht gesehen.«

Freunde? Wer's glaubt!

»Mit dem Gips dauert alles etwas länger. Ich komme in etwa einer Stunde wieder vorbei. Solltest du nicht da sein, weiß ich, dass du unsere Hilfe nicht willst. Du hast also genügend Zeit zum Nachdenken. Ich würde mich freuen, wenn wir dir unter die Arme greifen dürften.«

Sie geht und hinterlässt Leere.

Ihre plötzliche Präsenz, ihre Sprechattacke hatten den Ort besetzt, und jetzt, ohne sie und die vielen Worte, herrscht nicht nur Stille, sondern Leere.

Waren es Tage oder Wochen ohne Gespräch gewesen? Selbst in den seltenen Momenten von Zweisamkeit neben einem Fremden liegend oder an einer Tafel sitzend, schweigt er. Marius ist zu jung, um irgendwo Anschluss zu finden, und zu verletzt, um sich anlehnen zu können.

Er ist dankbar für die Entscheidungsfrist. Ihr Angebot kann er nicht einfach annehmen, das wäre quasi Nachgeben, und wer einmal nachgibt, wird immer wieder nachgeben.

Nachgeben ist Aufgeben!

Das klingt nach hohler Pose oder pubertärem Geschwätz. Tatsächlich ist es aber eine Haltung und Haltung ist wichtig. Sie ist der sichtbare Teil von Grundsätzen. Sie ersetzen in Marius' Leben den Sinn, denn nichts macht mehr Sinn in seinem Leben. Das weiß er.

Übrig bleiben Gefängnisregeln.

Traue niemandem.

Misstraue allen.

Glaub kein Wort.

Alle lügen.

Nichts daran ist originell, doch alles fußt auf seinen persönlichen Erfahrungen. Ohne diese Grundsätze würde er bald zum Spielball der anderen. Das wäre Schwäche und die Schwachen …

Sie überleben nicht.

Deswegen ist sein Ringen um eine Entscheidung, die er längst getroffen hat, auch kein Theater, sondern von echter Bedeutung. Er muss diese Entscheidung treffen! Er muss sie treffen. Er! Niemand sonst. Ganz allein.

Soll ich?

Er weiß nicht, dass er die Antwort längst kennt.

Ist vielleicht gar keine schlechte Idee. Der Hoodie muss geflickt werden. Ich sollte mich mal wieder waschen. Und dann kann ich gehen. Vielleicht vorher den Magen vollschlagen? Bestimmt nicht verkehrt. Oder? Dann wieder gehen. Mein Ding machen. Wenn der Hoodie trocken ist.

Er wiederholt Katrins Worte, hofft, dass sie zu seinen Worten werden, irgendwann nicht mehr fremd klingen, und dann steht sie plötzlich vor ihm.

Sie

Als hätte er sie in Gedanken gerufen. Marius sieht auf und sagt aus ganzem Herzen:

»Weiß nicht.«

Sie bleibt ruhig, erwidert:

»Willst du es einfach mal ausprobieren? Dann weißt du Bescheid.«

Soll ich?

Und beide warten.

Hat Mama früher immer gesagt: Hm, Marius? Willst du es nicht einfach mal ausprobieren?

Mit der Zeit hatte sich die Mutter einen Spaß mit ihrem Sohn geleistet. »Hm, Marius? Willst du es nicht einfach mal –«, und der Junge sah erstaunt zu seiner Mutter auf, half ihr bei der Suche nach dem fehlenden Wort und schlug »ausprobieren?« vor. Sie tat überrascht und antwortete: »Gute Idee, Marius!«

Katrin sieht ihn geduldig an.

Ausprobieren und wenn's dir nicht gefällt, kannste immer noch …

Er steht schweigend auf.

Katrin nickt.

Von mir aus.

2.7.1

Der Sanitäter erklärt es ihm in aller Ruhe:

»Schau, Marius! Diese Stellen musst du kontrollieren. Wenn ein Zeh mal so aussieht, ist die Entzündung weit fortgeschritten. Das ist lebensgefährlich! Siehst du, was ich mache? Nimm ein Taschentuch, besser wären natürlich Wattetupfer oder diese Kosmetikstäbchen. Hier ist eine Alkohollösung, die geb ich dir mit. Bloß nicht trinken! Wirste blind von. Nicht viel drauf machen, schon gar nicht über den Socken schütten. Lach nicht, ist alles schon passiert! Auch das mit dem Trinken.«

Ich trinke nicht!

»Auf die wunden Stellen. Auch zwischen den Zehen, siehst du? Da ... Übersieht man leicht, aber Falten und Kerben musst du immer extra kontrollieren. Denk dran! Wenn es kälter wird, will niemand mehr die Schuhe ausziehen oder gar die Hosen runterlassen! Wenn du also einen warmen Platz hast, dann denk immer dran: Kontrolliere alle Falten, Zwischenräume! Ich rede nicht von Sauberkeit. Es geht um deine Gesundheit! Bitte, Marius. Ich will dich nicht mit dem Notarzt ins Krankenhaus fahren! Ich tu es natürlich. Aber lieber wäre mir, du passt selbst auf dich auf, bleibst gesund und behältst deine Zehen! Alle ... Ja, Marius?«

2.7.2

»Willst du nicht 'ne Nacht länger hierbleiben?«

Lass mich

»Hast du die Adressen?«

Lass mich

»Meine Telefonnummer? Die Telefonkarte?«

Lass mich

»Du weißt, wann wir uns wiedersehen. Du kennst den Treffpunkt. Du hältst dich an die Verabredungen und wir lassen dich ...«

Ja?

»... in Ruhe. Von uns kriegst du Geld und Klamotten. Also keine Diebstähle mehr! Wenn du Hilfe brauchst, ruf an! Die Liste mit Wärmestuben hast du.«

Lass mich.

»Ich kling schon wie 'ne Mutter. Oh. Entschuldige bitte. Ich wollte nicht –«

»Lass mich!«

An Katrins Reaktion merkt Marius, dass er laut gesprochen hat. Sie nickt, lächelt, hebt die Hand, winkt, geht.

Sagt: »Mach's gut.«

2.7.3

Keine Sonne. Grauer Himmel. Was wie ein Herzschmerzlied beginnt, ist sein erster Tag in Freiheit.

Endlich

Er geht geradeaus, sieht und hört eine Straßenbahn vorbeischeppern, liest die Nummer und hat sofort diese Idee

Gute Idee

und folgt ihr zu Fuß.

Hast ja Zeit.

Schrittweise wird das Stadion größer. Ein Bus duckt sich unter dem Beton der Tribünenwände.

Mannschaftstraining?

Immerhin sind die Parolen an den Sicherheitszäunen bunt. Braune Blätter liegen auf Grasstreifen, die noch nie bessere Zeiten gesehen haben. Das letzte Spiel ist erst ein paar Tage her, überall Müll! Die Stadionzeitung pflastert seinen Weg. Wo das Bier in Mengen floss, ist sie längst Pappmaschee, und wo der Jubel oder Frust keine Grenzen kannte, ein Brei aus Kotze und Spielerporträts.

Schon komisch

Dann ist das Stadion in seinem Rücken, der Dreck wird weniger und irgendwo liegt ein letztes Banner rum und droht mit Abstieg und Kampf. Die Parkplätze mit den deppensicheren Markierungen A bis H und niemals mehr als Nummer 10 säumen leer den Straßenrand. Marius sieht genau hin und zählt 6 Autos, wo für Tausende Platz geschaffen wurde.

So viel Platz für ein paar Spieltage im Jahr ... Schon komisch.

Dann kommen die ersten Mietshäuser. Die Bewohner scheinen ihren Frieden mit der Lage gemacht zu haben. Überall hängen die Fahnen der Platzherren und mittendrin wohnt ein Witzbold. An seinem Balkon flattert ausgebleicht der HSV. Die Fassade ist von den Einschlägen der Einwegflaschen ganz vernarbt und die Jalousien sind unten.

Marius überkommt eine seltsame Lust. Er will seinen Reichtum zeigen oder einfach mal bezahlen nach Monaten des Stehlens. Jedenfalls bleibt er an einem Imbiss stehen und bestellt 'ne Curry, obwohl er keinen Hunger hat.

Der grimmige Betreiber sieht nicht mal hoch und raunzt:

»Alles kalt noch. Komm später wieder.«

Auch gut. Geld gespart.

Jetzt werden die Läden immer vertrauter, und Marius holt tief Luft, bevor er sich an seinem alten Kiosk vorbeiwagt. Der Alte sortiert gerade Zeitungen um und verpasst die Heimkehr des berühmten Sohnes.

In seine Straße wirft Marius nur einen kurzen Blick. Dort hinten links wohnten sie mit Jürgen Kohlstetter.

Da

Von da nach da flüchtete er zu ...

Wem eigentlich?

Wenn ihm jemand seine eigene Geschichte erzählte und

von Konstadidis Versicherungsagentur und Fabi spräche, würde er nur mit den Schultern zucken. Er hat nie erfahren, wie der junge Mann hieß, der ihm damals beistand. Dessen Namen hätte er sich vielleicht sogar gemerkt. Er weiß auch nicht, was eine Versicherungsagentur ist oder macht. »Das Büro drüben«, sagten die Kohlstetters dazu.

Natürlich hat Marius auch keine Ahnung von Konstadidis' und Fabis Bemühungen, ihn im Krankenhaus und noch im Heim zu besuchen. Deren Nachfragen wurden von allen konsequent abgeschmettert.

»Der Junge ist fertig! Lassen Sie den mal lieber in Ruhe. Aufenthaltsort dürfen wir sowieso nicht rausgeben. Wer, sagen Sie, sind Sie?«

Jugendamt, Polizei und Nachbarn entschieden, dass es »besser so ist!«.

»Lass ma'«, laberte der Blockwart mit der Schnapsfahne auf Halbmast, als Fabian ihn gefragt hatte. »Willse dich einmischn? Willse helfen? Du? Kümmer dich um dein' Scheiß, Junge.«

Marius überquert den Bolzplatz. Gleich um die Ecke beginnt die Gartensiedlung und hundert Meter weiter stellt sich die Aral-Tankstelle in den Blick. Vis-a-vis sind das örtliche Gesundheitsamt, Edeka und direkt daneben Aldi und zwei Querstraßen weiter das Heim mit Boris, Esther und ohne ihn. In die andere Richtung wartet seine alte Schule nicht mehr auf diesen einen Schüler. Er ist auch dort längst abgemeldet.

Es gab eine Lehrerkonferenz, die in positiver Stimmung endete. »Schüler Kohlstetter geht jetzt in eine andere Einrichtung, Entscheidung von ganz oben«, berichtete der erleichterte Konrektor und einhellig hieß es:

»Besser so!«

»Die können ihm bestimmt auch viel besser helfen.«

»Das war doch mal eine gute Idee.«

Marius sieht zu den Giebeldächern hinter Hecken, hier kennt er sich aus.

Weniger Überraschungen.

Hier richtet er sich ein.

Kenn mich aus.

Er geht zur Gartensiedlung.

Gute Idee

2.7.4

Erste Verhaftung.

Marius ist in einen Geräteschuppen eingebrochen, der Sachschaden beläuft sich auf € 100. Wenn man die Handwerkerkosten rausrechnet, bleiben nur noch € 5 für das neue Schloss übrig.

Die Polizei nimmt alles auf und meldet Marius beim Jugendamt. Katrin wird informiert. Marius wird ermahnt.

2.7.5

Diebstähle. Mehr Ermahnungen. Hausverbote bei Aldi und Drogo Schmidt. Diverse Platzverbote.

2.7.6

Raub! Er hat einem Jungen das Smartphone abgepresst. Der Bub war kleiner, sonst hätte er sich das nicht getraut. Marius hat ihn geschlagen, sonst hätte der das Smartphone nicht hergegeben. Unstrittig ist, dass es zu diesem Raub kam. Offen bleibt die Frage, wieso es zum Raub kam.

Wollte er das Ding später verkaufen und zu Geld machen? Wollte er einfach auch mal ein Smartphone haben?

Ohne Ladegerät und ohne Steckdose? Ohne Pinnummer? Wieso macht er so was?

Das macht keinen Sinn.

Welche Erklärung passt zu ihm, wenn schon die Tat nicht zu ihm passt? Und wieso geht er nicht ins Heim zurück?

2.8

Tage nach dem Raub sitzt er einem Jugendrichter gegenüber. Man hat die Verhandlung vorgezogen, auch das ist eine Hilfestellung, die Marius nicht als solche erkennt. Unmittelbare Täteransprache nennt sich das.

»Was ist passiert?«, fragt der Richter Marius und sein Pflichtverteidiger antwortet. – Unmittelbar war nur die zeitliche Abfolge zwischen Tat und Verhandlung! Die Verhandlung selbst ist es nicht mehr.

Der Verteidiger schildert die Tat eines verwirrten Jungen, der aus einem Akt der Verzweiflung und nach schweren Schicksalsschlägen einem anderen Jungen das Smartphone abknöpfen wollte und dabei auch noch lächerlich gescheitert ist.

»Überhaupt war das Ganze eine Rangelei, nicht harmlos, aber auch nicht kriminell. Eine Tat, die man nicht unbedingt einen Raub nennen muss. Technisch gesehen, ja, ist es schon Raub, aber eben auch nicht. Besonders, wenn man den Spielraum des Jugendrechts nutzt, den der Gesetzgeber in großer Voraussicht gelassen hat.«

Der Richter liest die Liste seiner Verhaftungen vor, da ist alles drin zwischen Ladendiebstahl und Ruhestörung, keine Körperverletzung, kein Raub. Bisher.

»Weißt du, Marius, das ist eine gefährliche Wendung. Du hast einen anderen Menschen verletzt.«

Ja. Ohrfeige.

Er sieht eine Regung in Marius' Gesicht.

Geschubst hab ich ihn auch! Er ist hingefallen. Hat geweint. Das wollt ich nicht.

Marius leidet sichtbar. Der Richter sieht es.

Andererseits hat er einen gefährlichen Weg eingeschlagen! Die Fakten sprechen eindeutig gegen ihn. Bedächtig nickt der Richter, wendet den Blick zum Fenster, sieht Herbst, denkt Winter und grübelt weiter.

Er könnte ihn zu Jugendarrest verdonnern, bis zum Winteranfang von der Straße nehmen. Aber die zu verhandelnde Tat erlaubt keine längere Strafe. Marius würde spätestens Nikolaus wieder draußen sein. Zu kurz, denkt der Richter, zu kalt!

Er will ihn auch nicht einsperren. Er weiß, wieso er Jugendrichter geworden ist. Er will nicht strafen. Er will helfen und denkt lange nach.

Er spricht ein knappes Urteil für den Verteidiger und redet lange auf Marius ein.

Kamera war besser.

Schön war das auch nicht, aber besser.

Viel besser.

2.8.1

Katrin ist sauer.

Nicht, dass schlechte Laune auf einem Gerichtsflur sonderlich auffallen würde, geschweige denn, dass Marius sich für solche Details interessierte. Aber irgendwie mag er Katrin. Jedenfalls hat er sich ihren Namen gemerkt. Das ist ein Wunder. Nur deswegen fällt ihm auch auf, dass sie sauer ist.

Katrin ist sauer.

»Wir hatten ausgemacht, dass du dich regelmäßig meldest. Wir haben extra keinen festen Tag ausgemacht, weil uns schon klar ist, wie schwer es dir fallen muss, feste Tage einzuhalten. Aber du versuchst es nicht mal! Wir sorgen uns. Ich sorge mich. Jedes Mal, wenn es regnet, wenn es wieder gegen null geht, ist bei uns die Hütte voll. Aber du kommst nicht! Ich frage unsere Gäste,

Von wegen Gäste

telefoniere rum, doch niemand hat dich gesehen. Du suchst keine Hilfe. Bleibst auch dann noch draußen, wenn man sich längst den Arsch abfriert. Niemand weiß, was du dann machst, jeder ahnt nur, was du tust, tun musst. Um zu überleben! Das ist eine Horrorliste. Ich weiß nie, ob ich mir wünschen soll, dass dich die Polizei aufgreift, oder nicht. Denn eigentlich höre ich nur noch von dir, wenn mich die Polizei anruft, weil du wieder Scheiß gebaut hast.«

Sie schreit nicht, sie redet auch nicht auf ihn ein. Sie ist einfach nur sauer und muss was loswerden.

Sie schreit!

»Raub, Marius! Raub! Hast du den Richter gehört? Hast du ihm wirklich zugehört? Er hat es ganz gut beschrieben, finde ich.«

Ich danke dir für deinen mutigen Auftritt, Marius?

»Wieso lachst du?«

Ich lache nicht.

Katrin stöhnt.

»Ich muss weiter, Marius. Hab keine Zeit. Schon gar nicht, wenn ich hier verarscht werde. Wir müssen trotzdem reden! Morgen. Das kannst du dir doch merken?«

Sie wollte nicht zynisch sein und ärgert sich über ihren eigenen Tonfall.

»Morgen reden wir. Ja? Du kommst zu uns. Sei bitte um 13 Uhr dort. Es ist wichtig! Wenn du nicht kommst, lass ich dich suchen. Du weißt, was der Richter gesagt hat. Du bist so knapp vor deinem ersten Jugendarrest. Da warten eine Zelle und Gemeinschaftsräume! Denk nach! Du musst kooperieren! Also komm und sei pünktlich. Hast du gehört?«

Er nickt.

»Wiederhole es!«

»Morgen, 13.«

»Wo?«

Er verdreht die Augen.

»Gut! Bis morgen, Marius. Tschüss.«

2.3.2

Reingelegt.

»Toll, dass du pünktlich gekommen bist.«

»Hallo, Marius.«

Reingelegt.

»Herr Terhechte ist von der Polizei, wie du siehst. Axel und Mehmet kennst du ja.«

Verräterin

»Wollen wir loslegen? Also, Marius – wir sorgen uns.«

Ihr sorgt auch gleich los.

»Marius, das ist kein Verhör.«

Hast du deswegen deine Bullenmütze abgenommen?

»Ich will ganz ehrlich sein:«

Au ja. Seid doch mal ganz ehrlich!

»Niemand will dir Böses! Wir wollen helfen. Heute sind wir hier, um dir zu helfen.«

»Was Herr Terhechte sagt, stimmt. Wir alle wollen helfen.«

»Klar wollen wir helfen. Ist ja unser Beruf. Es gibt keinen Grund, sich bei Marius zu entschuldigen!«

Marius sieht den Mann mit dem genervten Unterton an und fragt:

»Wer bist du?«

»Das Spielchen ist uns allen bekannt, Marius. Ich kann auch gut damit leben, dass du unsere Namen vergisst. Aber damit es einmal gesagt wurde und du mich nicht für unhöflich hältst: Ich bin Mehmet, ich arbeite mit Katrin zusammen. Du hast mich hier schon ein paar Mal gesehen, wir haben auch schon das ein oder andere Wort gewechselt. Das ist Axel …«

»Das weiß Marius! Wir kennen uns.«

»Nee, ich kenn dich nicht.«

Ist der jetzt etwa traurig?

»Axel hat sich um deine Verletzungen gekümmert. Er ist für …«

»Wir hatten doch ein langes Gespräch, Marius!«

Auch egal.

»Und? Was wollt ihr?«

Helfen?

»Was wollt ihr alle von mir? Worum geht's?«

Um euch!

»Um dich, lieber Marius.«

Du Schauspielerin.

»Sieh mich nicht so an, Marius. Wir wollen helfen. Niemand will dir Böses.«

Auch Schauspieler sind gerührt, wenn sie ihre Rollen spielen.

»Vielleicht sollten wir uns nicht immer gleich bei ihm entschuldigen, wenn wir ihm eigentlich nur helfen wollen. Schon gar nicht bei jemanden wie Marius, der sich nicht helfen lassen will!«

»Lass mal, Mehmet.«

»Nee, will ich nicht! Hör zu, Marius! Der Winter kommt. Du hast keine Unterkunft. Du isst unregelmäßig. Hast kaum Kraft, den Winter zu überstehen. DU musst eine Lösung finden. DU!«

»Ich hab dir das doch beschrieben, Marius. Du warst letzten Frühsommer schon ziemlich krank. Den Herbst hast du gut überstanden, jetzt aber kommt der Winter!«

»Na ja, was heißt hier gut überstanden? Wie viele Anzeigen hattest du allein im Herbst?«

»Das ist nicht der Punkt. Was ich sagen will, ist, dass du trotz Regen und Kälte auf dich aufgepasst hast. Und das finde ich schon mal gut.«

Katrin starrt mich an. Ich hab nichts falsch gemacht. Ich hab auch niemanden reingelegt. Katrin! Ich nicht!

»Doch jetzt kommt der Winter. Das ist etwas ganz anderes!«

»Hörst du?«

Ich hab niemanden reingelegt. Ich nicht!

»Hast du eine Lösung?«

Da könnt ihr lange glotzen.

»Marius?«

Was wollt ihr? Sagt es einfach. Ihr wisst doch längst, was ich tun soll.

»Hast du einen Platz gefunden? Marius. Oder 'ne Idee, wo du den Winter über schlafen kannst?«

Sag doch endlich, dass du es besser weißt!

»Eine Eigentumswohnung vielleicht, von der wir nichts wissen?«

»Mehmet, lass mal!«

»Du nervst, Mehmet.«

Oja. Du nervst!

»Marius? Katrin hat recht. Ich nerve. Aber wir wissen hier alle, dass du keine Ahnung hast! Keine Ahnung, was da auf dich zukommen wird. Keine Ahnung, wie es weitergehen soll! Keine Ahnung, in welch immenser Gefahr du bist!«

Endlich sagst du es! Ich habe keine Ahnung, keine Ahnung hab ich. Aber du! Du schon! Nicht wahr?

»Ich hab zu viel gesehen in den letzten Jahren …«

Volltreffer. Ja, natürlich: Du kennst dich aus. Du bist der Checker!

»Du weißt nicht, was du tun sollst, geschweige denn, wo du hinkannst. Sag bitte Bescheid, wenn du anderer Meinung bist.«

Nein, nein, red nur weiter. Ich hab ja keine Ahnung! Du aber schon. Klar.

»Also, Katrin, Herr Terhechte, Axel? Wie seht ihr die Chancen, dass Marius den Winter überlebt?«

Marius wer? Reden die von mir?

»Überleben ist nicht das einzige Problem, Marius. Es geht um das Gesundbleiben. Dir könnten die Zehen abfrieren.«

Ah ja! Jetzt weiß ich es wieder: Der Zehentyp. Ich erinnere mich an dich! Dich kenn ich doch! Lustig …

»Es kann noch viel schlimmer kommen. Ich will hier nicht den Teufel an die Wand malen. Aber unsere Erfahrungen sind diesbezüglich katastrophal. Du musst dich schützen.«

»Und vor dir selbst geschützt werden, Marius.«

»Lass es doch endlich, Mehmet!«

Klar, ihr wisst es besser!

»Marius, wenn du nichts sagst, wird das hier immer schwieriger!«

Ich hör zu.

Also?

Ich! Hör! Zu!

»Ich hör zu!«

»Gut, Marius.«

»Aber willst du auch was zur Sache sagen? Wie soll es weitergehen?«

Ich? Ich hab doch keine Ahnung. Was soll ich denn sagen?

»Ich höre zu.«

»Okay. Hier ist, was wir uns überlegt haben. Betreutes

Wohnen. Kleine Gruppe. Leider ist bei uns in der Nähe gerade nichts frei, aber wir haben eine Wohngruppe in –«

Ich höre zu

»Da kannst du heute noch hin!«

»Wenigstens für den Winter!«

Ich werde nicht Ja sagen!

»Ist das ein Ja?«

Werde ich niemals sagen.

»Stimmst du uns zu?«

»Okay.«

Das war kein Ja!

»Gut. Das ist sehr gut.«

»Ein erster Schritt, Marius.«

»Ein großer Fortschritt!«

»Ich finde das auch toll. Wirklich! Ich will dir unbedingt sagen, dass ich mich freue! Ich hätte niemals gedacht, dass wir so schnell eine Lösung finden. Das ist großartig, Marius! Wirklich.«

Katrin strahlt Mehmet an.

Alle zufrieden?

»Ich kann dich hinbringen, wenn dich der Polizeiwagen nicht stört.«

»Das ist sehr nett von Ihnen, Herr Terhechte. Oder Marius?«

Katrin lacht.

Schauspielerin

Kekse gehen rum und jemand erzählt noch schnell von einem anderen Problem.

2.8.3

Die Erwachsenen verabschieden sich von Marius im Vorraum und nur Terhechte geht mit ihm vor die Tür. Der Wind riecht frisch. Auf der anderen Straßenseite wartet ein Polizeiwagen, der Fahrer steigt aus. Grinst.

Wieso grinst der?

Der Verkehr rollt. Terhechte bleibt am Bordstein stehen, doch Marius marschiert einfach weiter. Die Autofahrer sahen glücklicherweise die Uniformen am Straßenrand und waren gewarnt. Bremsgeräusche. Niemand hupt. Terhechte eilt Marius hinterher über die Fahrbahn.

Der wartende Polizist am Auto schüttelt den Kopf und geht mit Marius ums Heck herum, meint gutgelaunt:

»So sieht man sich also wieder. Du bist ja ganz schön rücksichtslos unterwegs, muss schon sagen.«

Er öffnet die Tür. Marius geht einfach daran vorbei und folgt der Straße. Terhechte sagt etwas, was niemand versteht. Der andere bleibt zuerst verdattert stehen und rennt ihm schließlich hinterher. Doch jetzt hört man Terhechte deutlicher rufen:

»Lass, Rudi! Das funktioniert nicht. Er muss es schon wollen.«

2.9

Katrin gibt sich alle Mühe. Der Richter auch. Soll niemand sagen, dass sie es sich leicht gemacht hätten. Es wäre nicht richtig. Am Ende aber unterschreibt er den richterlichen Beschluss und Marius wird polizeilich gesucht, um zur Untersuchung in eine psychiatrische Klinik verlegt zu werden, wo man ihn auf seinen Geisteszustand untersuchen soll.

Katrin hofft, dass sie etwas finden, was eine Zwangseinweisung rechtfertigt. Marius braucht psychologische Hilfe. Katrin hofft verzweifelt, dass Zwang und Zufall zu Lösungen führen. Am wichtigsten ist ihr, dass Marius während des Winters untergebracht ist.

Der Richter will die Möglichkeit ausschließen, dass Marius Kohlstetter, 16, tatsächlich geistig eingeschränkt ist. Er will nicht ausschließen, was eventuell eine Lösung sein könnte.

»Niemand will schuld am Tod eines Jugendlichen sein«, erklärt er Katrin seinen Beschluss, setzt sich an den Schreibtisch, ruft einen Gutachter an, den »ich zu schätzen gelernt habe«, und fragt ihn, in welche Einrichtung man Marius zur ärztlichen und psychiatrischen Untersuchung einweisen soll.

»Wenn man es mit dem Jungen gut meint!« Denn sie meinen es gut mit dem Jungen.

Der Richter hadert noch lange mit dem Beschluss.

Katrin ist erleichtert. Sie kommt diesen Kindern zu nah, um sich Hadern oder gar Verzweiflung erlauben zu können.

»Kann ich mir gleich einen anderen Beruf suchen, wenn ich jedes Mal verzweifelt wäre.«

2.9.1

Die Sache hat immer zwei Seiten. Marius steht in Unterwäsche auf einer großen mechanischen Waage. Die Ärztin muss Gewichte ausbalancieren, langsam schaukelt sich die Wahrheit auf einem viel zu niedrigen Wert ein. Die einen denken gerade an eine Szene aus dem Knast, die anderen erkennen staatliche Fürsorge.

»Na?«, flötet sie. »Du kannst aber schon noch ein paar Kilos auf den Rippen vertragen. Komm mal hierher. Lass uns deine Größe messen. Dahin. Siehst du?«

Marius stellt sich ans Maßband, sie schiebt den Winkel auf seine Schädeldecke. Marius riecht Parfum und schließt kurz die Augen. Er mag ihren Geruch und spürt sich. Sie legt ihre Hand auf seine Schulter und er spürt auch das.

»O ja. Du hast ziemliches Untergewicht. Guck mal. Hier ist eine Tabelle, schau!«

Er geht an ihren Schreibtisch.

»Siehst du diese beiden Kurven? Da Körperlänge, da das Gewicht. Zwischen diesen beiden Kurven liegt das Idealgewicht. Hier bist du. Außerhalb. Deutlich drunter. Das ist schon arg wenig!«

Argh?

Sie kichert.

»Sehr wenig, meine ich. Ich komme aus Süddeutschland. Da sagt man so.«

Sagt man so.

Dann horcht sie seine Lunge ab, klopft an allen Ecken herum und findet kaum Rost. Auch sie leuchtet in seine Augen, doch diesmal denkt er nichts. Er sieht ihren Mund ganz nah an seiner Nasenspitze. Rotes Mundzucken unter hellem Flaum. Sie atmet aus und widmet sich seinen Ohren. Nun hat er nur noch eine weiße Wand mit Schautafeln zum Gucken.

Gedankenlose Stille und dann ein leises »Kannst dich wieder anziehen«. Marius dreht ihr den Rücken zu, während er in seine Hose steigt.

Abends träumt er von ihr. Sie kommt in sein Zimmer. Sie beugt sich über ihn und er kann sie riechen. Sie wiederholt, was sie am Nachmittag getan hat, und nicht nur sein Bein zuckt, als sie ihn endlich am Knie berührt. Wieder lacht sie, wieder sagt sie: »Ist unangenehm, was?«

Argh.

»Sagt man so?«

O ja, so sagt man!

Am nächsten Morgen darf er seine Klamotten anbehalten. Er sitzt hinter einem Monitor, die Maus in der Hand, und klickt sich durch Fragen und Antworten, Motto »Finde den Fehler.«

»Dieser Test ist eigentlich nur ein Spiel«, hat sie ihm erklärt und: »Mach so schnell, wie du kannst. Dauert keine 10 Minuten, dann bist du durch. Fragen darfst du allerdings nicht stellen. Wenn du etwas nicht weißt, einfach ›weiter‹ klicken.«

Vier Bilder.

Zitrone, Apfel, Banane, Ei.

Klick.

$4 \times 4 = 4$

$4 \times 4 = 8$

$4 \times 4 = 16$

$4 \times 4 = 1$

Klick.

Peter, Petra, Paul, Phillip.

Klick.

Die halten mich für blöd.

Klick.

Mama, Hund, Papa, Kind.

Schimpanse, Gorilla, Mensch, Blume.

Schimpanse, Gorilla, Mensch, Elefant.

Sonnenuntergang, Löwenkampf, Boxkampf, ausgebranntes Auto.

Klick Klick Klick Klick

Und dann stehen da auf einmal vier Begriffe:

Liebe. Familie. Geborgenheit. Hass.

Marius zögert. Auch diese Sache hat zwei Seiten, mindestens.

Was soll's.

Weiter.

2.9.2

Heute riecht sie nicht.

»Er hat sie umgebracht.«

Hat sie das Parfum vergessen? Hab ich was falschgemacht?

»An den Händen und im Bauch.«

33 Klick

»Nein. Ich konnte ihr nicht helfen. Er war stärker.«

Wieder zuckt ihr roter Mund. Lippenstift. Immerhin Stippenlift. Aber kein Prufam oder Deo, Edo, Öööd …

»Esther?«

Macht ihr Ding.

»Keine Ahnung!«

Sie darf machen, was sie will, und ich nicht.

»Sie kann sich durchsetzen.«

Ich nicht.

»Er war viel älter. Alle wussten es. Sogar an der Schule. Alle! Mama hat gehofft, dass Esther …«

Wie hat Mama gesagt?

»… nur so eine Phase hat. Vater schrie rum.«

Und Esther hat ihren Willen durchgesetzt.

»Keine Ahnung. Weiß nicht, wieso Esther etwas macht oder nicht macht.«

Ihr Ding.

»Sie hört nicht auf mich.«

Arschloch, lass mich.

»Lass mich in Ruhe!, hat sie gesagt und dann nicht mehr zugehört.«

Wie Vater schrie sie rum.

»Hat nie gemacht, was ich sagte. Auch nicht, wenn Mama es ihr befahl. Esther halt. Sie hatte vor niemandem Angst. Auch vor ihm nicht.«

Altes Arschloch, Nutte, Wichser, Flittchen, Säufer. Fotze.

»Sie haben sich beschimpft. Sie immer zurück. Esther hat sich von ihm nichts mehr sagen lassen. Und nach Mamas Schlaganfall ist sie richtig auf ihn losgegangen.«

Du versoffenes Arschloch, geh in den Keller und halt's Maul.

»Die weinte.«

Ach, Mama

»Sie weinte immer.«

Wischte sich die Tränen von der guten Seite. Die taube Gesichtshälfte blieb ganz nass. Sie hat da nichts gespürt. Oder es war ihr egal.

»Das war irgendwann normal.«

Und so weiter und so fort.

»Dass sie weint!«

2.9.2.1

Bis Marius wütend ist.

»Alles schon gesagt. Tausendmal aufgeschrieben und gesagt. Wann kann ich endlich wieder gehen?«

Kein Wort glaub ich dir!

»Kein Wort!«

Sie horcht genau hin, bleibt ruhig, während er immer lauter wird und plötzlich still ist.

Nichts mehr sagt.

2.9.3

Jetzt ist Katrin doch verzweifelt.

Der Richter bleibt dabei:

»Ich kann keinen gesunden Jungen in die Geschlossene einweisen. Der Befund ist da ganz eindeutig! Ich habe keinen Spielraum. Ich kann das nicht machen. Er hat Rechte. Es ist nicht nur juristisch, sondern auch moralisch falsch.«

Niemand soll sagen, dass sie es sich leicht gemacht hätten. Sie haben es sich nicht leicht gemacht!

»Vielleicht haben wir Glück und er hat ein Einsehen. Die Temperaturen fallen nachts unter null. Sagen Sie ihm das, wenn Sie ihn sehen.«

»Er wird mir nicht mehr zuhören. Nicht nach der Einweisung. Das war mein letzter Stich. Außerdem steht es doch hier schwarz auf weiß: Marius misstraut allen Erwachsenen. Die Ärztin spricht vom Ausmaß des erlittenen Leids! Ist das nicht eindeutig und ausreichend genug? Da, sie schreibt: Marius ist nicht in der Lage, seine Lebenssituation richtig einzuschätzen, bricht Gespräche ab, schweigt und so weiter und so fort ... Wieso können wir ihn dann nicht einfach dort behalten?«

»Es reicht nicht für eine Zwangseinweisung!«

»Aber das kann es doch nicht gewesen sein.«

»Er muss die Auflagen des Gerichts erfüllen. Verstößt er dagegen, wird er wieder vorgeführt. Mehr geht nicht.«

Wenn alles gesagt ist, bleibt Schweigen. Wenn Schweigen unmöglich ist, plappert man einfach weiter:

»Das führt doch nur zu noch mehr Auflagen, die er nicht erfüllen wird.«

»Ja.«

»Mehr können wir nicht machen?«

»Halten Sie ein Bett für ihn frei. Einsperren können Sie ihn nicht, aber Sie können ihm zeigen, dass er immer willkommen ist. Wir sollten hoffen! Vielleicht haben wir Glück und Marius ein Einsehen? Unterschätzen wir mal nicht die Einsicht und die Brutalität des Winters! Da haben schon ganz andere klein beigegeben! Noch ist eine glückliche Wendung möglich. Daumen drücken und auf den Winter hoffen.«

2.9.4

Entlassung am nächsten Tag, irgendwann im November 2015.

3
Vollzug

3.1

Bimmeln.

Die Glocken schlagen. Laut.

Kreisrunder Lärm scheppert über den Dächern, kreisrunder Lärm ist in allen Ritzen, in deinen Ohren, überall!

Du willst seit Stunden die Stunde wissen und jetzt ist überall dieser Lärm. Von wegen Bimmeln. Lustig: seit Stunden die Stunde. Du willst die Uhrzeit wissen. So sagt man das richtig! Du willst sagen: Sieben Uhr oder acht. Was auch immer.

Nein, noch genauer willst du das sagen, ganz genau! Punkt sieben Uhr, elf Minuten und so-und-so Sekunden. Aber jetzt? Keine Armbanduhr, nur dieses Lärmen, das auf dich einschlägt wie Hagelschauer, und du hast keine Ahnung, wo der erste Einschlag war.

Wo? Wann!

Bimmeln plötzlich los diese Glocken, ohne Vorwarnung. Du hast nicht aufgepasst und Zählen ist absolut sinnlos ohne die Eins. Weil die Zwei dann vielleicht eigentlich eine Drei ist oder mehr. Sitzt mitten im Glockenlärm und weißt doch nicht, wie spät!

Da kannst du noch so genau zählen.

Noch so genau zählen? Sagt man das so? Noch so genau?

Es bimmelt immer noch. Feiertag? Feiertagsglockengeläut. Glockentagsfeierläute, Täutenlagerflogengleicke. Pass auf, Marius! Pass! Auf!

Es schlägt brav die Stunden, die keiner zählt. Dahinter ist ein zweites Bimmeln. Nein. Nicht dahinter! Blödes Wort. Weiter weg! Zweiter Kirchturm. Und noch weiter weg ist noch einer und wahrscheinlich immer so weiter. Hinter jedem Kirchturm ist ein Kirchturm, der auch sagt, wie spät. Auf seine Art sagt er das: Viertel, halb, viertel vor und die volle Stunde durchgezählt.

Wer hat wohl angefangen, wer war der Erste? Weiß man, wer den ersten Schlag getan hat? Lustig. Weiß überhaupt jemand, wer gerade vorgeht, wer nachgeht? Sagt man so? Beim Kirchturm? He, Herr Pfarrer! Ihr Kirchturm geht vor?

Wirklich lustig.

Da: Die Schläge sind unregelmäßig. Das war zuerst ein Bamm-bamm-bamm, doch jetzt ist es ein Durcheinander.

Ba-bamm.

Ba-ba-bamm.

Ein Turm schlägt schneller als der andere, eine Glocke, nicht Turm. Oder baumeln sie gerade nur aus? Ob die auch mal gleichzeitig – oh!

Aus.

Wenn ich will, dann höre ich die Schläge in Gedanken. Wenn ich will, dröhnt es in meiner Stille weiter und macht ba-bamm.

Die Zeit, die da in mir schlägt, ist längst rum.

Bamm.

Hungrig bist du! Die Uhrzeit, fragst du? Kurz nach hungrig ist es. Und immer Punkt kalt. Arschkalt. Wie stehengeblieben ist diese Kälte, festgefrorene Zeit. Vergeht nie oder langsam. Bamm. Ganz langsam.

Irgendwann Frühling dann.

Bamm.

Eine neue Zeit beginnt. Beginnt? Ist. Zeit ist. Zeit beginnt nie, Zeit endet nie, sie ist nur. Wozu überhaupt sieben Uhr zweiunddreißig sagen, wo doch gleich sieben Uhr dreiunddreißig und dann vierunddreißig und dann fünfunddreißig ist und weiter und weiter immerzu? Die Zeit ist immer schon rum, wenn man sie kennt. Sie ist nur ein Dröhnen im Kopf. Bamm. Der Mensch ist nicht für die Minute gedacht, da reicht Stunde oder vielleicht Viertel. Reicht vollkommen. Sonst Dauerdröhnen. Echt!

Wahrscheinlich ist es längst elf. So oft, wie der Kirchturm gebimmelt hat.

Gepimmelt! Lustig.

Ja, ja, Herr Pfarrer, sie haben heute aber ganz schön lang gepimmelt. Hab kein Auge zugekriegt! Lustig.

Früher auf dem Schulweg, als du noch zur Schule und auf der Straße dann. Nein! Ganze Sätze, Marius, streng dich an!

Als du noch die Schule besucht hast, als du noch hingegangen bist. So ist das richtig! Du bist nicht dumm, Marius! Also stell dich nicht so an! Wer wie ein Schwachkopf redet, denkt bald auch wie einer. Dann brabbelst du wie die alten Säufer, zahnloses, dummes Zeug, das nach faulem Mund stinkt, drum: Es war auf dem Schulweg dunkel, war dunkel nach der ersten Stunde und nach der zweiten war es immer noch dunkel, blieb bis zur ersten großen Pause dunkel. Nicht schwarz vor den Augen, aber dunkel.

145

Und du dachtest: Heute wird es nimmer hell. Nimmer – schönes Wort, Marius! Kannst dich immer noch erinnern. Ist nicht alles vergessen. Nein. Ist vieles noch erinnerlich. Sagt man so. Erinnerlich. Weil hirnmäßig vorhanden, zur Verfügung stehend, eben: Erinnerlich! Red nicht so viel. Herbst und Winter sind schrecklich. Zu dunkel.

Wieso willst du überhaupt die genaue Uhrzeit wissen? Läuft etwas im Fernsehen? Lustig. Kommen die Nachrichten? Nachrichten. Was ist das? Haste früher vielleicht gemacht. Manchmal mit Mama. Mit Mama schon. Und anschließend »Wer wird Millionär?« »Nicht ich!«, hat Mama geantwortet und gelacht.

Nachrichten.

Vielleicht geht ja die Welt unter? Willst du das dann wirklich wissen?

Lass sie doch untergehen. Du wirst das früh genug mitkriegen.

Lustig: Geht einer die Straße entlang, sieht einen anderen und der sagt: »Die Welt ist untergegangen und du spazierst einfach rum, als wäre nichts passiert!«

Ist doch lustig? Oder?

Kann man Kälte wegreden?

Was, wenn du wirklich der letzte Mensch wärest? Keiner mehr da, der sagt, die Welt ist untergegangen, und du, Marius Kohlstetter, bist der Letzte. Mensch. Schon nicht mehr lustig. Weinen? Nein? Später ... Die Welt ist ja noch. Weinen kannst du später, wenn die Welt untergegangen ist.

Oder bimmeln die Glocken auch ohne Menschen?

Maschinen ...

Dann geht das auch ohne Menschen!

Die Welt ist untergegangen, aber die Zeit geht weiter und du kriegst nix mit, weil Bimmeln. Feiertags und sonst auch. Du hast die Welt verloren, nicht die Zeit. Lustig?

Ruhe! Hungrig bist du! Ruhe jetzt. Gib Ruhe, wenigstens beim Essen. Vanille-Erdbeer! Mama hat mal gesagt, dass es gar nicht so viele Erdbeeren gibt, wie im Joghurt angeblich verarbeitet werden. »Angeblich« hat Mama gesagt. Angeblich. Tolles Wort.

Jetzt erst mal Joghurt essen. Das sind 12 Becher. Hast du Glück gehabt. Zwölf auf einen Streich. Niemand hat was gemerkt. Zwölf Becher auf einen Streich! Ist auch ohne Löffel lecker. Hast ja 10 Finger. 12 wären aber besser – für jeden Joghurt einen. Lustig. Vielleicht ist gerade 12 Uhr? 12 Joghurt, 12 Finger, neinnein, 12 Joghurt, 11 Uhr, 10 Finger! Noch viel lustiger! Ruhe jetzt! Sei einfach mal still.

Iss!

3.1.1

Täglich steuert er dieselbe Bank an. Sie steht am Parkrand, wo man nicht parken darf. Auf der anderen Straßenseite sieht man Zäune und Hecken. Dahinter ducken sich Familienhäuser; keine Villen, aber auch keine Reihenhäuser. So was dazwischen. Es sind Modellhäuser gehobener Preisklasse mit individuellen Anpassungen. Jedenfalls behauptet dies das bunte Schild einer Immobilienfirma, das die Leerstände bewirbt. Was Besseres nennt man solche Gegenden, weil sie teurer sind, doch nicht zu teuer. Das Mantra des Bürgertums lautet: »Geld ausgeben und dabei sparen!« Hier baut man die passende Architektur.

Hinter dem grünen Heckenband stehen die immer selben weißen Würfel mit roten Dächern und hin und wieder ist ein Dach blau. Neubauten von der Stange und so weit das Auge reicht.

Die Straße ist fast autofrei. Man wohnt und parkt hinter den Hecken. Breite Schmiedeeisengatter und gepflasterte Fahrspuren zeigen, wo's reingeht. Wer draußen parkt, liefert an oder ist Besuch und kriegt, wenn er Pech hat, einen Strafzettel. »Schön habt ihr's hier, aber man kann ja nirgends parken!« hat das »Hallo!« ersetzt.

Wer hier wohnt, will eigentlich alleine bleiben. Doch echte Abgeschiedenheit ist noch teurer und nur für echte Millionäre. Also geht man sich hier aus dem Weg, kennt nicht mal die Namen der andern und ruft fröhlich »Morgen, Nachbar« und sagt: »Die von Nummer 53.«

Marius gilt hier als Besucher und doch ist er mehr. Täglich kommt er her, rund um den Park wohnt er. Er ist ein Anwohner, der nirgends wohnt.

Die Bank am Parkrand steuert er erst an, nachdem die Berufstätigen ausgeschwärmt sind, nachdem sie

Husch, husch

in ihre Automobile gestiegen sind und zu ihrer Arbeit hetzen.

Marius nähert sich der Bank am Parkrand wie ein Liebhaber der Geliebten. Leise, vorsichtig. Er fühlt sich hier nur sicher, wenn die Ernährer der Familie weg sind und Hausfrauen und Hausmänner die Leere im Innern ihrer Vormittage mit hektischem Wischen und Wedeln bekämpfen. Wenn sie ebenso beschäftigt sind wie ihre Ernährer. Er sieht sich um, bevor er sich hinsetzt, registriert aufmerksam Veränderungen, taxiert Gefahren. Wie ein Liebhaber bleibt er auch immer nur ein Stündchen. Er sucht den friedlichen, ungestörten Moment.

Die Bank mit dem umtriebigen Park hinter ihm und der leeren Straße und dem Band aus Grün und Gittertoren vor ihm, sie ist sein Ruhepol, und Ruhe sucht er!

Deswegen lebt Marius auch in Routinen. Seine Tage hat er eingeteilt und sich einen strikten Handlungsablauf an Besorgungen oder Besuchen ausgedacht. Diese immer gleichen Wege und Handlungen geben ihm das Gefühl von Unabhängigkeit, das Gefühl, weniger getrieben zu sein. Unabhängigkeit, das hat er lernen müssen, ist nicht die Freiheit, tun zu dürfen, was man will, sondern nicht tun zu müssen, was andere wollen.

Zwar muss er dort schlafen, wohin ihn das Wetter verschlägt, am Tage hält er aber sklavisch an seinen Ritualen fest und dem Gefühl, dass er es ist, der sein Leben gestaltet, und nicht die Not, der Zufall oder schlimmer noch:

Andere Leute!

Deswegen pilgert er täglich zu dieser Bank am Parkrand. Auf der Bank sitzend isst er, wenn er was zu essen hat. Hier ist er auch, wenn es nichts zu essen hat.

3.1.2

Himbeer-Rhabarber? Joghurt gibt's, die gibt's nicht. Stracciatella und hier Cappuccino. Das ist Kaffee, oder? Kaffeejoghurt.

Zaba-was? Zaba-ohne-Zitrone. Zabaione-Zitrone. Was ist das? Wie wär es mit einfach nur Zitrone? Das wäre – nein, nicht schön! Es wär – wie sagt man?

Sagt man sympathisch?

Einfach nur Zitronenjoghurt wäre was? Nett ...?

Wie?

Sag schon! Du bist ein Idiot. Vergisst alles, sogar Wörter! Wie sagt man dazu? Wie heißt das, wenn man etwas einfach nur mag, weil es einfach nur gut ist. Das ist ein wichtiges Wort. Das wichtigste vielleicht? Das vergisst man doch nicht!

Obwohl!

Gibt es vielleicht gar kein Wort dafür. Ist vielleicht das wichtigste Wort, das es nicht gibt? Und du hast es gerade entdeckt. Nein ... Du hast sein Fehlen entdeckt! Ist ein Unterschied.

Kann man über etwas traurig sein, das es nie gab? Kann man?

Lass das, Marius! Das Grübeln macht dich labern und traurig.

Gibt genügend Gründe, traurig zu sein, musst du nicht noch einen erfinden. Stehst am Grab eines Wortes, das nie gelebt hat, und weinst. Was soll das? Gibt halt kein Wort für »einfach nur gut und deswegen toll«. Ist so. Ist ein Widerspruch vielleicht, aber ist so! Eine Zwickmühle. Ja, Zwickmühle ist besser.

Aber es sollte trotzdem ein Wort dafür geben, weil anderes Beispiel: Butterbrot!

Du würdest dich über ein Butterbrot freuen. Genau! Wie du dich über ein Butterbrot freuen würdest!

Butterbrot!

Knusprige Rinde, innen weich, die Butter fest, aber nicht hart. Gleichmäßig bestrichen und bis zum Rand. Das ist wichtig. Bis zum Rand. Salz, auch überall. Butterbrot halt – die einfachste Sache der Welt.

Wahrscheinlich die allerallereinfachste.

Butterbrot!

Nicht nur jetzt, seit Tagen schon willst du ein Butterbrot! Ein Butterbrot wäre einfach gut, aber für einfach gut hast du einfach kein Wort. Butterbrot! Butterbrot!! Ein Scheiß Butterbrot wäre jetzt einfach nur – ScheißeScheißeScheiße! Kein Wort für das! So ein Blödsinn! Was redest du eigentlich? Schwachkopf. Du hast nur noch Worte. Andere essen einfach Butterbrot, du kaust Worte. Wozu also musst du ständig Butterbrot sagen, wenn du nie eines essen wirst? Wozu dieses Wort benutzen, das dich nicht satt macht. Oder warm! Schlechte Angewohnheit das Butterbrot!

Benimm dich!

Disziplin!

Du kannst auf all das verzichten. Brauchst auch keinen Stracciatella mit Scheiß-drauf so wie die Himbeer-Rhabarber-Arschlöcher in ihren Haselnuss-Karamellhäusern, in denen sie wie die Würmer leben. So wie die, sie wie die! Beides lustig.

Wünschst dir ein Butterbrot und kriegst Zaba ohne.

Einfach Butterbrot ist unmöglich. Einfach ist tot! Stracciatella ja, Butterbrot nein. Butterbrot, Tubbertrott, Terrbubtot. Lass das. Marius, reiß dich –

Sie!

Hast du etwa laut geredet? Oje, hast du gefuchtelt und sie hat's gesehen? Wer ist sie überhaupt? Blaue Tüte sie! Watschelt direkt auf dich zu, sie hat richtige Watschelschuhe an. Rosa Hausschuhe, watsch-watsch machen die. Gelbe Hose mit Gummizug und Strickweste, auch rosa – rosa wie die Watsch-watsch-Watschelschuhe. Und blaue Tüte übergroß. Träumst du? Blau, gelb, rosa, rosa …

War was im Joghurt? Da steht Haferkleie drauf. Hafer. Ist Hafer eine Droge? Da war doch was. Mit Pferd und so. Oder Allergie? Schock im Kopf und wirr. Bist du krank?

Sie kommt blau gelb rosa immer näher. Da! Ihr Kopf! Ihr Kopf zeigt zu dir, der Blick aber nicht, der sucht am Boden, der … Oh! Der ist jetzt ganz nah, der Kopf. Kommt runter und kommt näher und guckt weg. Ihr Kopf und jetzt auch die blaue Tüte. Ganz nah.

Sie sagt nichts. Sagt man »schweigen« dazu! Guckt dich nicht an und schweigt. Träumst du?

Da! Sie kniet direkt vor dir nieder. Was? Verarscht die dich? Was ist denn hier los? Spinnt sie, spinnst du? Wieso kniet sie direkt vor mir? Was macht sie denn?

»Wieso?«

»Wieso was?«

Red in ganzen Sätzen, du Depp!

»Äh. Wieso hebst du das auf?«

»Ist nicht schön, wenn die leeren Joghurtbecher rumliegen.«

»Ich kann auch aufräumen.«

»Ach lass mal. Du isst doch gerade so schön. Außerdem fehlt es hier an Mülleimern. Ist ja nicht dein Fehler. Ich hab bestimmt ein Dutzend Mal beim Amt angerufen, aber sie tun nichts. Nichts! Ich will doch nur, dass es hier sauber bleibt.«

»Ich kann aufräumen!«

»Nein. Iss ruhig weiter. Das ist sehr wichtig: Regelmäßiges Essen. Ich räum so lange auf. Lass dich bitte nicht von mir stören. Und das bisschen Bewegung schadet mir nicht.«

Du sollst nicht starren. Das macht man nicht! Ist unhöflich. Weißt du das nicht? Dann lass es. Guck weg!

»Weißt du was? Ich lass dir die Tüte hier. Schmeißt du bitte deinen Müll rein? Wenn du fertig bist? Mit essen, mein ich. Die Tüte hol ich dann ab. Später. Einfach stehen lassen. Ich hab ja 'nen Mülleimer. Schönen Tag noch!«

Sie geht wieder und macht watsch-watsch-watsch. Ganz rosa und gelb und ohne Blau, weil das Blau ist bei dir geblieben. Hast du Tschüss gesagt? Oder Danke? Keine Manieren, du Depp.

»Danke!«

Winkt. Die war nett. Oder war das ein Trick?

Trick ...

Was für ein Trick?

Ein Mülltrick vielleicht ... lustig.

Du stierst sie an wie so ein ... Mongo sagt man nicht! Sag lieber Spasti. Nein. Auch falsch. Sagt man Wichser? Ja. Wichser geht. Darf man sagen, weil alle wichsen. Auch lustig.

Watsch und weg.

3.1.3

Samsung! So ein toller Karton. Groß, geräumig. Wieso steht da ein Samsungkarton rum?

War da ein Kühlschrank drinnen? Mindestens!

Samsung-Kühlschrank mit Gefrierfächern und Wasserfilter, wie Mama ihn immer wollte und nicht gekriegt hat? Oder ein Superduper-Flatscreen! Kino-groß fürs Wohnzimmer.

Mitten auf der Straße, einfach so.

Hauslieferung?

Hab ich ein Glück. Und dick ist der Karton, wie eine Holzbohle so dick. Holzbohlendick. Klasse.

Auch holzbohlenschwer. Oje, der ist brutal schwer. Und riesig! Wenn du ihn flach klappst, sind deine Arme zu kurz.

Kannst du so nicht greifen, nur schleifen.

Aber dann ist er nachher ganz kaputt und voller Hundescheiße. So übers Trottoir, wo überall Scheiße.

Klein falten geht auch nicht, der Karton ist zu dick! Brauchst du Rambo oder Rocky. Oje. Aufgeklappt geht. Ist unhandlich, aber geht.

Der Wind.

Scheiße.

Da der Typ, der lacht, der Arsch. Lacht dich aus. Lach halt!

Kommst ganz schön schnell aus der Puste bei dem Wind.

Der Typ steht einfach da mit Kaffee to go und lacht dich aus. Ist das erlaubt? Kaffee to go im Stehen trinken? Selber lustig, du Arsch.

Mach halt Pause, du Schlappsack. Wenn's sein muss.

Eine alte Frau biste!

Hast zum Glück keinen Termin. Hol mal tief Luft. Auch wenn alle lachen. Karton to go. Lustig.

Denk nach! Weißt noch gar nicht, wohin mit dem Ding! In den Park geht nicht, da ist es nass oder die Hunde pissen ran, die Parkaufsicht dreht durch und dann, neinnein, Park ist schlecht. Unterführung? Wird er geklaut oder schlimmer noch: Ich geh weg und komm wieder und ein anderer wohnt im Samsung ... Umsonst geschleppt und wieder Weinen!

Hinterm Aldi?

Auch schlechte Idee. Die entsorgen den Karton schneller, als du Piep sagen kannst. Piep! Samsung weg. Drama.

Das Wohnhaus! Neben der Gartensiedlung das Wohnhaus! Der Müllplatz im Hinterhof, der ist überdacht und steht direkt am Zaun. Das Wohnhaus! Nur Fahrräder, keine Autos. Wenn ich da ein Schild dran mach oder, besser noch – ist ja ein Karton! –, direkt auf den Karton schreibe: Bitte Karton stehen lassen! Ich klemm den Karton zwischen die Tonnen, dann klappt er auch nicht mehr zusammen. Und trocken bleibt er dort, weil überdacht das Ganze. Superklasse-Idee! Du Genie!

Aber schwer ist er. Hilfe wär jetzt nicht schlecht. Von wegen, du kannst dir nicht helfen. Von wegen, du brauchst Hilfe. Brauchst du nicht.

Ich kann das!

Du kannst alles.

Musst dir nur Zeit lassen und Luft holen.

Haben keine Ahnung, die Arschlöcher.

3.1.4

Super. Das ist geil. Der ist so groß. Da! Du kannst dich ausstrecken, so groß ist der.

Du hast wieder ein Kinderzimmer.

Und ein eigenes Haus. Ein Einzimmerhaus. Lustig. Hauslieferung! Auch lustig.

Und wenn du den an den Seiten zuklappst, da schau, da schau. Kein Wind mehr. Mein Samsung!

Holzbohlendicke Wände.

Kälte muss draußen bleiben … Lustig. Ist dunkel zwar, aber egal. Geil. Von wegen kalt! Von wegen, du hast keine Ahnung, was auf dich zukommt! Du kannst dir nicht helfen? Wohl kannst du das! Du weißt Bescheid. Du bist der Checker. Du!

Der steht hier wie 'ne Eins! Mein Samsungeigenheim. Das Müllplatzdach ist dicht! Hier bleibt dein Zuhause trocken. Es stinkt ein bisschen. Aber du stinkst noch mehr! Perfekt, oder?

Perfekt!

Jetzt klaust du noch einen Edding für »Karton bitte stehen lassen!!« und eine Klingel malst du auch drauf.

Nein! Doch nicht. Sonst klingelt einer. Hunger hast du.

Klau ein Nopper für den Hunger. Nein! Gegen den Hunger! Die Taschenlampe braucht auch neue Batterien.

Gehst du, holst du.

Aber dann!

Party dann.

3.1.5

»Was ist denn das? Frau Reber! Frau Re«

Ist das ein Mann?

»Will Sie nicht stören. Aber der Karton hier! Seit wann steht der hier? Wem gehört der eigentlich, Frau Reber?«

Das ist ein Mann? Klingt wie 'ne Frau, ist aber ein Mann, glaub ich. Grell irgendwie.

»Was? Wirklich? Und Ihr Mann weiß Bescheid? Hier an unserem Müllplatz? Sachen gibt's.«

Oder doch eine Frau? So kräftig, aber grell. Doch 'ne Frau, grell, aber kräftig. Lustig.

»Hallo?«

Das ist jetzt ein Mann.

»Ist jemand zuhause?«

Ich mach nicht auf.

»Nein? Ich hab dir belegte Brote hingestellt und Mineralwasser. Nicht, dass du aus Versehen drüber stolperst. Ist übrigens 'ne Pfandflasche. Kannste behalten. Ich heiß Michael.«

Siehste! Ein Mann.

»Michael Trautmann, wenn du mal Hilfe benötigst. Trautmann steht nämlich an der Klingel. Klingel einfach, wenn du was brauchst. Kannst auch duschen bei mir.«

Bei Duschmann.

»Bis dann. Lass es dir schmecken. Du isst hoffentlich Wurst? Ach, hätte ich vielleicht vorher dran denken können! Ich Blödmann!

Nein, kein Blödmann.

Willst wohl nicht reden? Bist du überhaupt gerade da? Nicht dass ich die ganze Zeit nur mit einem Karton rede.

Hehe. Sag mir Bescheid, wenn du vegetarisch oder moslemisch bist … Na ja, du kannst ja die Wurst beiseitetun und nur das Brot essen. Wirst dir schon zu helfen wissen, was?

Tschüss.«

Der war nett. Der Wurstmann. Wirst dir zu helfen wissen! Recht hat er. Sehr nett war der! Aber Moslem? Du Moslem? Auch egal. Moslem halt! Hauptsache, sie lassen den Moslem in Ruhe! Lustig.

»Junge! Junge … mach auf! Los! Ich weiß, dass du da bist! Hab dich doch gesehen. Ich warte!«

»Na gut, dann eben so! Du kannst hier nicht bleiben. Ich bin der Hausmeister. Ich muss den Müllplatz sauber halten und wir sind hier nicht in Afrika. Ja?«

»Du kannst doch nicht einfach beim Müll wohnen! Ich ruf nicht die Polizei! Keine Angst! Aber einige Mieter haben sich bei mir beschwert, und ich kann nicht garantieren, dass nicht einer von denen die Polizei ruft. Willst du nicht lieber freiwillig gehen? Ist doch besser für alle, wenn du einfach gehst.«

»Und dann die Teller hier mit Essen. Direkt neben dem Müll! Wie sieht denn das aus. Das ist doch ekelig. Lebst ja wie ein Tier! Afrika meinte ich nicht böse. Wollte dich nicht beleidigen. Ja? Will nur ehrlich sein.«

»Das ist nicht gut. Gar nicht gut!«

»Kein Mensch soll so leben. Drum geh doch woandershin, bevor jemand im Haus die Polizei ruft. Ja?«

»Gut. Ich denke, du hast mich verstanden. Du sprichst doch Deutsch? Ich denke mal, dass du das geschrieben hast: ›Bitte Karton stehen lassen!‹ Dann sprichst du wohl auch Deutsch. Ist mir wirklich egal, kannst auch aus Afrika – egal woher – Jeder Mensch ist ein Mensch, aber das geht doch nicht, dass du hier neben dem Müll! Verstehst du?«

»Bitte Karton stehen lassen ... Du wohnst hier nicht! Dann darfst du das gar nicht entscheiden. Sogar, wenn du hier wohnst, darfst du das nicht. Die Hausordnung regelt das!«

»Gut. Willst nicht reden. Hab verstanden. Musst aber trotzdem gehen. Du kannst nicht bleiben, das geht nicht! Gut jetzt. Tschüss. Überleg's dir bitte.«

BAMM!
Mülltonne?
BAMM!
Müllabfuhr.
BAMM!!
Zu laut für Müllabfuhr! Ein Penner?
BAMM!
Sucht Pfandflaschen und knallt mit den Mülltonnen! Scheiße. Der Penner macht Lärm und du kriegst Ärger. Ist vielleicht besser, wenn du raus und mit ihm redest? Das Knallen klingt ganz schön wütend. Was, wenn auch er –
»Hör zu, du Arschloch.«

Wieso flüstert der jetzt?

»Wenn's nach mir ginge, wärst du hier längst im hohen Bogen wieder rausgeflogen.«

Warum redet der plötzlich so leise?

»Aber die Öko-Arschlöcher haben 'nen Narren an dir gefressen. Stehen hier vor deinem Karton wie die Jünger Christi und trauen sich nicht mal reinzusehen! Ich warn dich. Ich schneide dir ein Loch in den Karton, damit man deine Scheißfresse auch endlich sieht. Genau hier.«

Klopf-Klopf-Klopf.

»Hörst du? Genau hier schneid ich dir das Loch rein. Dann sehen wir auch endlich deine hässliche Fresse! Und du kriegst frische Luft, du Drecksau!

Papa ...

Ich werde aber nicht mit dir reden! Ja? Hast du verstanden? Ich red kein Wort mit dir! Mit dir nicht und den anderen nicht. Ich will dir nur sagen: Verpiss dich!

Ist besser für dich! Ja? Bevor ich die Geduld verlier! Ja?«

Ist das ein Penner? Ist das sein Platz? Du wartest mal besser. Der wird hoffentlich nicht reinkommen.

»Das ist 'ne Warnung, du Wichser! Ja? Ich zahl hier Miete und du kommst und wohnst umsonst? Nicht mit mir. Verpiss dich, du Arschloch!«

Arschloch

»Das tut mir leid. Der ist auch zu anderen so aggressiv! Musste keine Angst haben. Hunde, die bellen ... Kennst ja das Sprichwort. Der bellt nur und beißt nicht! Der Hänfling hat nix zu melden. Also, nimm dir das nicht zu Herzen! Hat dir das Obst geschmeckt? Würde dir ja gerne mal was Warmes hinstellen, aber das schmeckt nicht, wenn es kalt wird. Und ich weiß ja nie, ob du da bist. Außerdem regt das nur die anderen auf, wenn da eine kalte Suppe steht. Drum, kannst ruhig Bescheid geben und ich bring dir auch mal was Warmes vorbei. Kannst auch bei mir essen, wenn dir das lieber ist. Hab 'nen schönen Tag und nicht vergessen: Trautmann! Einfach klingeln.«

»Es tut mir so leid.«

Eine Frau! Jede Wette.

»Ich kann kaum noch schlafen. Seit du hier unten in der Kälte bist, bei dem Gestank. Und ganz allein! Ich stell mir immer das Schlimmste vor. Was da alles passieren kann. Du bist doch noch so jung, und dann denke ich, was hat der Junge wohl erlebt, dass er so jung, schon mit der Welt gebrochen hat? Ich mein, dein Leben beginnt doch erst. Was ist dir passiert, dass du lieber in einem Karton –? Im Müll! Entschuldigung, ich will nicht weinen.«

Irgendwann einmal ist es normal,

»Aber das tut mir so leid! Du bist fast noch ein Kind und –«

dass man ständig weint.

»Sorry. Ich kann es ja doch nicht ändern und du wirst deine Gründe haben, oder? Ich will dir auch nur sagen, dass es mir so so so so leidtut!«

Das ist aus einem Lied.

»Ich lass dich auch wieder in Ruhe. Sorry, ich wollte dich nicht stören. Dachte nur, vielleicht redest du mit mir? Ich hab immer ein Ohr für andere. Und: Ich mach mir halt Sorgen. Überleg es dir. Vielleicht willst du ja mit mir –? Reden mein ich. Meine Wohnung ist zu klein. Ja?«

Ja

»Du sagst nichts. Was? Bist immer schweigsam. Denkst viel nach, musst aber nicht jeden Gedanken mitteilen. Wie ich das verstehe! Es wird ja viel zu viel geredet. Hast irgendwie recht. Ich bin dann auch mal wieder still.

Pass auf dich auf!«

Auf auf auf

»Ja?«

Ja, ja

Schon komisch.

»Glaubst wohl, weil du jetzt auch die Alte um den Finger gewickelt hast, ist auch alles andere in Ordnung? Ist aber nicht in Ordnung. Nichts, gar nichts ist in Ordnung! Ich warne dich nicht noch mal! Ich mach dich fertig. Das war die letzte Warnung, du Arschgeige, du elende! Verpiss dich. Du gehst hier von alleine raus oder sie tragen deine Überreste vom Hof! Wie den Müll. Im schwarzen Sack! Ich sag ja nur! Deine Entscheidung! Du Scheiß-Drecksau! Du stinkende! Fotze!«

Ja.

»Fotze!!«

Ja.

»Marius? Du musst auf dich aufpassen! Ich kann das ja nicht mehr. Wollte immer auf euch aufpassen, hab es aber nie richtig hingekriegt. Nicht auf dich, nicht auf deine Schwester. Aber du tust mir einen letzten Gefallen und passt auf dich auf! Ja? Ganz toll passt du auf dich auf, ja? Mein Liebling.«

Alles weg.

3.1.5.1

Die Leute tragen ihren Müll an ihm vorbei, entsorgen, was vom Essen übrigblieb, und haben ein schlechtes Gewissen.

Die Leute denken nach.

Die Leute spüren Wut in sich. Auf die Welt, die so was zulässt, oder auf Gott aus demselben Grund. Auf die politischen Verhältnisse, die das nicht verhindern, auf sich selbst, weil sie Teil dieser verkorksten Welt sind, auf den Rotzlöffel, der ihnen das alles so unter die Nase reiben muss, auf den kleinen Wichser, der sich auch noch einbildet, der Einzige hier mit Problemen zu sein.

Die Leute reagieren mit Mitgefühl, Mitleid, Jammern, Hass oder Solidarität aus den exakt selben Gründen. Sie sprechen mit den eigenen Kindern, warnen sie vor schlechten Noten und ermahnen sie gleichzeitig, das Leben mehr wertzuschätzen. Sie alle benutzen zur Veranschaulichung auch noch die exakt selben Worte: »Oder willst du etwa enden wie der?« Beim Tratschen im Treppenhaus stellen sie mit Verwunderung fest: »Genauso hab auch ich es meinen Kindern erklärt!«

Sie stellen Teller mit Essen vor seinen Karton, Getränke und Süßigkeiten. Bald sieht es dort wie vor einem Hinduschrein aus.

Dann brüllt einer neben dem Karton herum: »Der Müll gehört in den Mülleimer!« Auf extralaut! Soll ja jeder hören. Jeder hört es.

Sie treten auf Balkone und ans Küchenfenster, schreien zurück, wenn sie nicht nur Zuschauer bleiben wollen. Anstand gegen Sauberkeit lautet das Duell. Es war neulich sogar im Kino zu sehen, allerdings mit Batman und Superman in den

Hauptrollen. Jemand verteidigt den Hausmeister und die Hausordnung. Der Hausmeister aber steht nur daneben und zieht die Schultern hoch oder den Kopf ein. Genau lässt sich das nicht sagen, es sieht gleich aus.

»Der Hausmeister tut nur, was man ihm sagt, dass er tun soll«, sagen seine Verteidiger auf beiden Seiten.

Da es mehr als eine Meinung gibt, hält er sich, so gut es geht, raus, verkündet aber: »Richtig! Es ist ein Müllplatz! Da kann man nicht leben. Bin aber auch nicht die Polizei und auch kein Räumkommando!«

Ihm ist es natürlich peinlich, dass er von allen Seiten verteidigt wird. Bin ja der Hausmeister!, denkt er und behält das für sich.

Ein Humorist versucht die Streithähne zu beruhigen:

»Jedes Haus sollte so einen kleinen Penner haben. Man spart sich die Biotonne.«

Niemand lacht.

Es kommt regelmäßiger zu Auseinandersetzungen, fast immer enden sie in Schreiereien. Die Stimmung spitzt sich rasch zu. Der Streit brandet auf, kaum dass er sich gelegt hat, und beruhigt sich nur, um wieder Schwung zu holen. Es ist die Hölle, sagen plötzlich die einen. Nein! Das ist Krieg, kontern die anderen. Hauptsache, der andere kriegt nicht Recht.

Jemand kippt bei Minusgraden einen Eimer Wasser auf den Karton. Die Einen sprechen vom »Attentat« und einer von ihnen droht dem unbekannten Täter, indem er für alle hörbar verkündet: »Ich hau dem in die Fresse! In die Fresse hau ich dem!«

Die Beschwichtiger nennen es einen »Unfall« und erklären:

»Nichts Genaues weiß man nicht!«

Der Hauptverdächtige grinst und schweigt, weil er nicht in die Fresse kriegen will.

Wer gegen wen, ist längst nicht mehr klar. Die Dame aus dem 1. OG argumentiert: »Die Sache mit dem Wassereimer war natürlich nicht okay! Aber ich kann auch verstehen, dass man in dieser angespannten Situation mal den Kopf verliert.«

Das sind Worte, die Marius' Verteidiger in Rage bringen. Bald kreischt auch die aus dem 1. OG, weil sie sich missverstanden fühlt. Der Drecksack, der das Wasser über den Karton gegossen hat, gluckst still vor sich hin und fühlt sich endlich mal als Sieger.

Dann hat die Müllabfuhr ein Einsehen und entsorgt den Karton. Der Hausmeister beteuert, dass er nichts damit zu tun hat.

Marius kommt zu spät, sein Karton ist da längst weg.

Alles weg.

Sie haben sogar die Lücke zwischen den Tonnen wieder geschlossen. Der helle Kartonabdruck auf dem Boden leuchtet noch ein paar Tage, bis Feuchtigkeit und Fußspuren ihm den Garaus machen.

Alles weg.

Der Hausmeister nimmt Reißaus, wenn er die Haustür quietschen hört.

»Der Junge tut mir leid. Aber dafür zahlen sie mir zu wenig, dass ich da draußen auf ihn warte und ihm auch noch die Situation auseinandersetze«, erzählt er seiner Frau und: »Hoffentlich hat der Spuk damit ein Ende!«

3.1.6

Steht ein Kind unterm Schild »Warenausgabe«.

Das waren die Arschlöcher vom Amt. Wetten? »Das schaffst du nicht«, haben sie gewettet. »Du hast keine Ahnung!«, haben sie zu dir gesagt und jetzt, wo alle merken, dass du es schaffst und wirklich Ahnung hast, nehmen sie dir schon wieder dein Zimmer weg!

Steht das Kind jetzt unterm Schild »Rückgabe« und wühlt in Kartons.

Weil die niemals zugeben können, dass sie unrecht haben. Können die nicht zugeben! Die wollen Recht behalten, weil sie die Bestimmer sind! »Das schafft der nicht!« Jaja. Bestimmer sind das und Bestimmer müssen immer alles besser wissen. Schweine! Scheiße noch mal! Schau dir das an! Schweinerei!

Steht das Kind in Kartons, Kartons überall, und sucht trotzdem weiter.

Hier gibt's nur kleine Kartons! War ja klar. So viel Glück hat man nicht zweimal! Samsungglück. Riesenglück. Bestimmt waren die auch hier. Weiß man's? Die Arschlöcher sind ja überall. Bestimmer ... Sie waren bestimmt hier und haben alle großen Kartons mitgenommen! Be-, warte mal, beschlagnahmt heißt das. Genau. Beschlagnahmebestimmerschweine. Oder sie haben gleich alle großen Kartons verboten? Genau: Polizei, Sozialarbeiter, Sanitäter, die können das entscheiden. Diese Schweine. Da hast du keine Chance gegen so viele!

Ein Mann steht unter »Nur für Mitarbeiter« und greift in seine Hosentasche.

Es sind einfach zu viele und alle arbeiten gegen einen.

Nehm ich halt kleine Kartons, ihr Arschlöcher! Von Amts wegen. Keine Kartons für Marius! Scheiß aufs Verbot!

Der Mann raucht unterm Schild mit dem durchgestrichenen Streichholz.

Da: Mikrowelle und Multi-was? Kitchen-was? Heißt Küche, oder? Egal, ist nicht so klein, weil Zubehör und Aufsatz. Ein Staubsauger! Auch klasse. Seht ihr! Ihr kriegt mich nicht klein. Ihr nicht!

Hebt das Kind den Blick.

Was guckst du eigentlich die ganze Zeit?

»Scheißarsch du!«

Securityscheißarsch. Der macht auf Bodyguard. Müllpolizist?

»Du Arsch!«

Was musst du denn gerade gucken? Bist wohl hier der Profigucker. Kartonkontrolleurarschloch! Dicke Hose, wichtige Aufgabe. »Ich pass auf die Kartons auf. Ich bin wichtig! Weil ohne mich Kartons weg. Milliardenverluste! Armes Saturn!«

»Ruf die Polizei. Na los! Auf! Grüß sie von mir. Marius, Mari-us. Man kennt mich.«

Geh halt petzen! Die Kartons kosten nix. Pech gehabt! Karton ist nämlich umsonst.

»Alles umsonst!«

Niemand verlangt 1000 für den Fernseher und dann noch 50 für den Karton extra! Niemals! Ist eine Lüge. Ruf halt an bei deinen Freunden vom Amt. »Hallo? Er ist da! Ja, Marius. Nein! Natürlich nimmt er keine großen Kartons mit. Ist doch verboten und alle großen Kartons sind weggeräumt! Aber er gibt immer noch nicht auf! Er nimmt jetzt kleine! Ja! Kleine!! Der weiß, was er will. Verdammt! Was soll ich machen? Warte auf Anweisung!«

»Findest das wohl lustig? Ja? Sehr lustig!«

Kartonverbot für Marius.

»Geht's noch? Wo? Sag mal. Wo steht das? Das ist ein freies Land.«

So was darf es nicht geben, ein Kartonverbot nur für Marius! Ist einfach nicht recht! Wenn, dann alle! Sonst unrecht. Du Arsch! Ja?

»Bist du stolz auf dich?!«

Ihr Schweine. Das ist so scheiße von euch! So unfair! Alle gegen einen.

»Muss jetzt los! Kann nicht ewig auf die Bullen warten. Morgen dann?«

Geh einfach. Kartons nimmst du aber mit! Kann der nichts machen. Hat er Pech gehabt. Ihr seid an den Falschen geraten.

»Ruf doch meinen Anwalt an! Ist besser so! Der regelt das mit euch …«

Ihr kriegt Marius nicht klein! Ihr nicht! Schweine.

»Schweine.«

Geh.

Steht ein Raucher unterm Schild.

3.1.7

Baust du dir halt hier ein Haus. Ein Eigenhaus. Nein, Heim. Eigenheim. Hier unterm Trampolin. Plastikplane, Kartons. Plane unten, Kartons an den Seiten und Trampolin über dir. Heim unterm Trampolin. Untertrampolin-heim. Ist nicht so schlecht! Nicht jammern, Marius. Biss-chen winddicht und bisschen warm ist schließlich auch okay. Da liegst du ein bisschen warm und bisschen warm ist besser als arschkalt. Tausendmal besser. Millionenmal vielleicht. Über dir das Trampolin, das lässt kein Wasser durch. Keinen Tropfen.

Muffig vielleicht, weil nie Licht hier und alles Grün ka-putt. Dafür: Auch keine Stimmen mehr! Kein BAMM an der Mülltonne! Kein Tut-mir-so-so-so-so-leid, weil nie-mand da, weil niemand weiß! Nur du und nur ein biss-chen kalt.

Gewöhnst dich auch daran. Sicher! Gewöhnst dich an alles.

Und riecht auch besser. Viel besser. Ohne Arschlöcher ist immer besser! Lustig: Riechen und Arschlöcher, lustig. Bist hier ganz allein unterm dunklen Trampolin.

Sieht niemand hin.

Bis die Schweine vom Amt rauskriegen, wo du wohnst, ist wieder Sommer! Dann können sie von dir aus das gan-ze Trampolin mitnehmen.

Sie haben es sogar einbetoniert! Damit es niemand klaut oder was? So ein Riesentrampolin klauen? Spinnen die? Aber Mülleimer an den Parkbänken vergessen. Sol-che Deppen!

Sollen sie doch den ganzen Park umgraben, diese – ach egal die. Wenn endlich wieder Sommer ist, ist alles andere auch egal!

Die gehen doch niemals raus bei dem Scheißwetter! Nie-mals! Zu kalt! Die Wichser. Wichser ist kein Schimpfwort, ist normal, weil alle wichsen. Sitzen brav in ihren Büros, trinken Kaffee, furzen warme Kaffeefurze. Die kriegen dich nicht klein! Die Schweine. Ist ein Schimpfwort.

Über dir das Trampolin und überm Trampolin das Wetter.

Hier kommt nichts durch.

Ist nur ein bisschen kalt!

Und du bist sicher drunter.

Sieht dich keiner, denkt jeder: Leer! Dort ist nichts, wo eigentlich Marius wohnt. Da? Unterm Trampolin? Da lebt doch kein Mensch. Niemals! Haha. Doch doch!

Lebt einer!

Du bist verschwunden unter allen Augen.

Unsichtbar.

Musst aber aufpassen! Vor allem beim Rein- und Rauskrabbeln. Weil, wenn dich jemand sieht, denkt der: Wo kommt denn Marius jetzt her? War doch gerade nur Landschaft und Trampolin. Plötzlich steht da Marius! Also Vorsicht! Sind die Menschen misstrauisch, gucken sie genauer hin. Sind sie mal ske-

Wie heißt das Wort? Wie heißt das Wort? Wie heißt das! Ske- Weißt du doch. Wie heißt das? Wie wie wie? Ske- Misstrauisch halt. Einmal misstrauisch, entdecken sie dich selbst unterm Trampolin! Das ist nicht lustig. Du bist besser unsichtbar. Vor aller Augen unsichtbar.

Skeptig ist das Wort. Bist nicht dumm! Beweis? Skeptig! So was weißt du. Die Menschen sind skeptig.

Was aber, wenn sie dich längst entdeckt haben, aber es niemanden kümmert?

Sie sehen dich und es ist ihnen egal.

Du bist egal! Scheißegal.

Ja?

Ist auch dir egal, weil kommt aufs Gleiche raus. Du hast deine Ruhe und dein Eigenheim. Oder? Das ist doch egal? Nicht?

Was, wenn dich alle sehen, wie du unters Trampolin kriechst, und alle denken nur: Egal.

Ja.

Ist ja Winter und die Kinder drinnen. Geht keines zum Trampolin. Zu kalt! Der Marius liegt zwar, stinkt zwar, aber kann man nicht riechen, weil er ist weit weg, und Fenster ist auch zu, weil es ist Winter. Soll er doch stinken. Stört mich nicht, stört niemanden. Ist egal.

Ist das egal, dass die dich in Ruhe lassen, weil du ihnen egal bist? Ist das dasselbe? Das dasselbe? Du bist gar nicht unsichtbar! Du bist einfach nur scheißegal! Du bist –

Musst du jetzt etwa weinen? Na? Dann heul doch. Sieht niemand. Interessiert niemanden. Heul doch. Tränen sind nämlich auch egal.

Du gibst nicht auf! Du kennst dich aus. Schaffst das! Morgen holst du noch mehr Kartons, dann ist die Bude noch wärmer. Vielleicht Klebeband für die Ritzen? Dann ist die Bude dicht. Und Klebeband!! Das dicke Klebeband. Du holst ein Seil! Das kannst du binden, wo kleben nicht geht. Kleben nicht geht? Scheißwörter. Kleben nicht geht? – Stimmt das? Muss ja nicht stimmen, nur weil du das so sagst.

Skeptisch, es heißt skeptisch, nicht skeptig. Skeptisch! Auch das ist jetzt egal! Jetzt ist alles egal. Genau. Egal ist gut! Scheißegal ist besser!

Aufpassen! Essen! Nicht vergessen! Bloß nicht. Essen ist nicht egal. Hier kriegst du kein Essen hingestellt. Von niemandem! Musst du wieder selber kochen. Selber kochen ... Lustig! Von wegen kochen. Du musst wieder Essen holen. Bringt dir niemand was. Essen! Genau. Bloß nicht vergessen! Weil kalt und schlapp und ohne Essen ist total null! Haha. Ist immer das gleiche Ergebnis! Null. Essen vergessen. Null! Null Komma null und noch mehr Nullen und nie eine Eins oder sonst eine Zahl. Immer nur Null. Null null. Totale Null. Total ist ein tolles Wort. Ruhe jetzt.

Auf. Geh los.

Besorgungen, Marius.

Geh lieber selber. Auf Esther ist kein Verlass.

Essen und Zeug.

Los!

Du weißt doch, wie sie ist.

3.1.7.1

Ein berühmter Mann sagte mal: Wichtig ist, was hinten rauskommt! Man wollte ihm damals schon nicht glauben. Wir wissen nicht, wie wichtig das ist, was hinten rauskommt. Wir wissen nur, dass es unverdaulich war.

Am Ende eines viel zu kurzen, viel zu dramatischen Lebens werden vor allem die Katastrophen erinnert. Das ist, was hinten rauskommt.

Der Pfad eines Mörders trieft dann vom Blut, während Wehgeschrei erklingt. Die Wege des Opfers winden sich zwischen Verletzungen, Niedertracht und Elend, wobei Wehgeschrei erklingt. Das Erzählte ist das Unverdauliche. Es ist, was uns abstößt und deswegen anzieht. Glück hingegen ist meistens langweilig und wird zur Gänze verdaut. Aber auch das ist eine olle Kamelle, die nicht ganz richtig ist. Wie so oft, wenn man beweisen will, dass eine Formel Gültigkeit hat, findet man ihre Ausnahmen. Gewissheiten sind auch für den Arsch.

Marius' Leben, von hinten her betrachtet, ist keine Ausnahme. Denn natürlich beginnt seine Lebensgeschichte erst dort hinten, mit 14 Jahren, mit dem Mord an der Mutter, der nicht nur in diesem Buch in allen Details (33 Messerstiche) aufleuchtet. Eventuell erlaubt sich der Autor ein paar kurze Bemerkungen zur Vorgeschichte der Tat, vor allem die Liebschaft der 12-jährigen Schwester mit einem erwachsenen Mann, und die promilleselige und krawallige Nebenrolle des Vaters und Mörders sollten nicht vergessen werden. Aber dann schreitet seine Erzählung in großen Schritten auf das dramatische Finale zu und jeder dieser Schritte ist mindestens so unterhaltsam wie das berühmte Ende: Intensivstation, Heimunterbringung, Prozess gegen den Mörder, Selbstmord im Knast, Unterbringung im Heim, Scheitern der Betreuung, Flucht ins Freie, Leben als Penner, Diebstähle, Raub und Körperverletzung, Jugendstrafen, Versuche einer Einweisung, Verschwinden unter aller Augen, Winter, Tralala und Wehgeschrei.

Der Autor streut, wenn er seine Sache gut machen will, Zitate und Originaltöne wie Petersilie an den Tellerrand. Sie sind Garnitur und sollen dem Auge schmeicheln, tun aber wenig für den Geschmack.

Das große Aroma kommt aber von den Schlafplätzen. Das

Trampolin fehlt in kaum einer Reportage, weil es originell ist. Der Schlafplatz auf dem Vordach des Gesundheitsamtes wird erwähnt, weil die Wörter »Gesundheit« und »Amt« einen zynischen Hintergrund beisteuern, und das Tankstellendach ist eigentlich auch immer dabei. Der Leser assoziiert damit den Geruch von Benzin- und Dieseldämpfen, der Dritten Welt also! Eine Mischung aus exotisch und erbärmlich. Welcher Redakteur kann da schon nein sagen, und ich selbst verwerfe diese Orte hier nur, weil es eine elegante Art ist, doch noch über sie zu schreiben. Zudem, auch das kann ich nicht verhehlen, machten mich die verschiedenen Ausführungen skeptisch, zumal Marius mal unter, mal auf den Dächern gelebt haben soll. Je näher ich diesen Orten kam, desto weniger kann ich mir vorstellen, dass er hier wohnte oder schlief.

Im Gesundheitsamt starrten die Angestellten aus ihren Büros auf das Vordach und den Jungen. Sie hätten ihn dort liegend ignoriert. Vielleicht ist er aber auch erst nach Büroschluss gekommen und in aller Frühe aufgestanden, um unbemerkt zu bleiben? Das ist durchaus möglich, denn unter offenem Himmel schläft man selten lang, schon gar nicht aus. Aber wieso der ganze Aufwand, wenn man dort so leicht entdeckt werden kann und gleichzeitig die täglichen und nächtlichen Verrichtungen so kompliziert sind? Aufs Dach scheißen oder pissen geht nicht, da sind nicht nur Angestellte eines Gesundheitsamtes eigen. Er musste jedes Mal hoch- und runtersteigen. Man kann immerhin mit etwas Klettergeschick hinaufgelangen, sogar mit Tasche oder Rucksack.

Wie man allerdings aufs Tankstellendach kommen soll,

ist ein Rätsel. Glatte Wände und noch glattere Metalltore: Wie kam er da rauf? Die Tankstelle ist hoch. Leiter? Wer jemals auf einer angelehnten Leiter in einiger Höhe stand, weiß, was das bedeutet. Man traut sich vielleicht irgendwie hinauf. Hinabsteigen geht aber nur mit einiger Übung und noch mehr Courage. Gerade das Einsteigen in die wacklige Leiter aus luftiger Höhe und die ersten Schritte hinab sind nichts für schwache Nerven oder gar müde Knochen. Richtig müde meine ich, nicht schulmüde, nicht »Lass-mal-Papa-ausruhen-müde«. »Schon-mal-eine-scheiß-kalte-Nacht-im-Freien-verbracht-und-nicht-geschlafen-müde« meine ich.

Was, wenn jemand die Leiter wegstellt, sie aufräumt? Ein Tankwart, ein Witzbold, Frau Zufall oder Herr Ordnung? Aus Übermut, Wut oder Arglosigkeit? Überhaupt braucht man eine Leiter! Woher kommt die? Reicht es einfach, Tankstelle zu schreiben, und dann ist der Rest der Geschichte automatisch stimmig? Tankstelle heißt Werkstatt, heißt Werkzeug, heißt Leiter, heißt was?

Unter diesen Dächern zu schlafen, macht in keinem Fall Sinn. Zwischen Tanksäulen oder vor dem Haupteingang eines Verwaltungsgebäudes, einmal nach drei, das andere Mal nach allen vier Seiten offen, schläft niemand! Das will schlicht nicht einleuchten.

Wieso sollte er diese Orte gewählt haben?

Aber dann denkt man an die nassen Schlafsäcke in S-Bahn-Eingängen, die schlotternden Bettler mit den zerschlagenen Gliedern und Gesichtern am Straßenrand unterm Unterstand, man denkt an die Eibe, die »hinten« noch kommt, und findet auch alles andere wieder glaubwürdig.

3.1.3

Leer.

Warm und leer.

Musik und warm und leer.

Regale. Musik. Leer. Nein! Warm und leer.

Schilder. Regale, Musik, warm und leer.

Flure, Schilder, Regale, Musik, warm und leer.

Sanitär! Flure, Schilder, Regale, Musik, warm und leer.

Blaumann, Sanitär, Flure, Schilder, Regale, Musik. Warm und leer.

Beschläge, Blaumann, Sanitär, Flure, Schilder, Regale, Musik, warm und leer.

Elektrik, Beschläge, Blaumann, Sanitär, Flure, Schilder, Regale, Musik, warm und leer.

Er vielleicht?

»Wo hat's Seile?«

»Bei den Haushaltswaren. Diese Richtung, linke Seite. Da findest du Hanfseile, Paketseile, Wäscheseile. In festen Größen abgepackt. Sind billiger. Bei den Beschlägen, gleich hinter dir, hängt die Meterware. Nylonseile, Drahtseile und Ketten auf Rollen. Da kannst du dir die exakte Länge abmessen und selber zuschneiden. Der Meterpreis steht an den Rollen. Ist auf den Meter berechnet etwas teurer. Hast aber eine viel größere Auswahl. Und wenn du weißt, wie viel du brauchst, ist es unter Umständen auch billiger, weil du nicht abgepackte 50 Meter nehmen musst, sondern, sagen wir, 30 abschneiden kannst und dann auch nur 30 bezahlen musst. Wozu brauchst du das Seil?«

»Muss was binden.«

»Vielleicht nimmst du dann ein Textilseil aus Kunststoff?

Kann man öfter wiederverwenden. Weniger Abrieb! Hält länger.«

»Sind teurer?«

»Ja. Leider. Gibt aber auch billigere. Wollen wir uns mal zusammen umsehen? Vielleicht finden wir was Günstiges für dich?«

»Ja.«

Elektrik, Beschläge, Blaumann, Sanitär, Flure, Schilder, Regale, Musik, warm und leer. Sehr gut. Hast du dir alles gemerkt. Bist nicht dumm! Seile, Elektrik, Beschlä-

»Schau, die dünnen Durchmesser sind wahnsinnig stabil und auch billiger als die dicken. Lass dich nicht irritieren. Die sind zwar dünn, aber extrem zugfest. Kannste ein Auto mit abschleppen.«

Und ein Haus?

»Wie viel brauchst du?«

So viel ...

»Was sind das? Knapp zwei Meter oder? Hast ja lange Arme. Was meint du? Zwei?«

»Zwei Meter. Ja.«

»Der Meter kostet € 1,49. Macht drei Euro.«

Was guckst du?

»Hast du so viel?«

»So viel was?«

»Geld.«

Schau nach. Er kann ja nicht wissen, dass du gar nichts hast. Kann auch nicht wissen, dass du das längst weißt.

Fündig geworden?

Da schau an, was ist das? Ein Euro ... Von wegen nix! Was für ein Zufall. Du hast die ganze Zeit einen Euro in

der Tasche gehabt und von nichts was gewusst! Irre. Ein Euro.

»Haste nicht mehr?«

Einen Euro hab ich!

»Weißte was? Ich hab 'ne Idee. Niemand kauft nur zwei Meter Seil. Ist ja quasi ein Restposten, nicht wahr? Warum schreib ich also nicht Restposten drauf?«

Wieso? Was passiert dann?

»Da haste deine zwei Meter. Ist ein Restposten. Kann ich nicht zum vollen Preis berechnen. Das kostet jetzt, ja, was mach ich jetzt? Sagen wir: 50 Cent? 50 insgesamt, meine ich. Einverstanden?«

»Ja.«

»Gut. Ich geh mit dir zur Kasse, sag dort Bescheid. Brauchst du sonst noch was?«

»Nein.«

»Zur Kasse geht's da lang.«

Werkzeugkasten.

Hammer und Werkzeugkasten.

Akkuschrauber, Hammer, Werkzeugkassen.

Batterien, Akkuschrauber, Hammer, Werkzeugkasten.
Verlängerungskabel, Batterien, Akkuschrauber – Scheiße.
Der ist nett. Er hilft und höflich ist der auch. Sag was.

Scheiße. Sag, dass er nett ist. Scheißescheiße. Sag es. Du Depp. Kasse. Wie sagt man nett, wie? Nett? Du bist nett? 50 Cent. Ein Euro minus 50 … Hab ich das nicht gerade gesagt? Hab ich es vergessen zu sagen? Reiß dich zusammen, Marius! Hast du etwa wieder nur geträumt? Hast du dich etwa wieder mal nicht konzentriert? Mach endlich den Mund auf, Junge! Sag! Was!

»Vielen Dank für deinen Einkauf. Bis zum nächsten Mal!«

Sag was!

»Tschüss!«

»Tschüss!«

Danke vergessen. Nett nicht gesagt. Du bist so ein Idiot. Er ist weg und du hast nur Tschüss gesagt. Kein nett, kein Danke.

Da schau. Abpackstation. Scheren. Scheiße festgemacht. Mit Stahlseil. Kann man nicht durchschneiden. Geht nicht. Schadeschade. Aber Klebeband. Zwei Rollen Klebeband! Cool! Nicht festgemacht. Coolcool.

3.1.8.1

Kleb halt, du Klebeband. Du heißt Klebeband, dann kleb auch! Ist nicht gut. Klebt nicht, weil ist nicht gut. Egal.

Bisschen klebt es ja. Bisschen und bisschen wird vielleicht auch mal ein Ganzes? Wer weiß. Auch bisschen um bisschen führt zum Ziel. Es reicht, um Löcher zu stopfen. Erstes bisschen! Reicht auch, um die Ritzen zu dichten. Zweites bisschen. Ritzen dichter zu machen? Du Ritzendichter du! Ditzenrichter du. Du. Du, keine Lust mehr. Müde. Kalt. Nicht lustig. Keks und Schlaf.

Iss. Schlaf. Ruhe. Endlich.

3.1.9

Kinderlachen. Kinderstimmen. Sie reden und sagen: »Da!«
und »Schau!« und »Warte doch!« Liegst wie eine Spinne
auf der Lauer. Dauerlauerspinne, du ... Liegst brav und
still und holst dir heimlich Fliegenkinder. Warte, warte,
nur ein Weilchen. Kriegste frische Kinderbeinchen. Zwei
zum Preis von einem ... Lustig. Kreischen und Weinen.
Wo? Da! Kind weint! Die Frau kommt und Trost: »Ist nicht
so schlimm, Paul. Das war keine Absicht. Und schau, Sancho entschuldigt sich. Richtig, Sancho?«

»Zuldigun.«

Lustig! Alles wieder gut. Lustige Fliegenkinder. Dicke
Daunenhummeln brummen, sirren ums Trampolinnetz.
Lachen laut und machen lauter Lärm. Willst du nicht mit-
spielen? Nein, nicht du, Marius. Die Frau spricht mit roten Gummistiefeln, nicht mit dir. Weil niemand weiß, dass
du hier lauerst. Oder weil es egal ist.

Wenn du eine richtige Spinne und wenn die da Fliegen
wären – in echt! – dann wär es nicht egal. Weil Happs und
weg. Tod und voller Spinnenmagen. Sorry, Mutti, dein
Kind hat die Spinne geholt. Leg halt noch ein Ei.

Oder ist den Fliegenmamas alles egal, weil sie nichts
wissen und alles, was im Leben passiert, ist immer ... aus
heitrem Himmel passiert. Heitrem Himmel, tolle Worte.

Weiß die Fliege eigentlich, dass sie nur Spinnenfut-
ter ...? Fliegenklatschenmus für die Fliegenklatsche nur.
Die Fliege ist auch egal im Eigentlichen. Wichtig nur für
Spinnen und Fliegenklatschen, aber sonst allen anderen
scheißegal.

Kindergesumse um mich rum.

Und was weiß die Spinne? Weiß sie nur: Oho! Ein Zappeln da, geh ich hin und fress das Zappeln da? Oder weiß sie mehr? Weiß sie: Bin ich Spinne. Muss ich spinnen. Weiß sie: Da die Fliegen. Alles meins! Muss ich spinnen – so lustig!

Und Menschen ...

Weiß der Mensch, wofür er Mensch ist? Für wen? Kinderspringen. Ssa-damm Ssa-damm. Oho. Nicht aufs Trampolin. Ssa-damm Ssa-damm. Nicht auf mein Eigenheim. Geht kaputt! Nicht! Ssa-damm Ssa-damm. Bitte nicht! Die Kartons kippen, weil nur Klebeband, und Klebeband ist Scheiße! Ssa-damm. Karton kracht. Ssa-damm. Sie knicken mit jedem Ssa-damm. Knicken immer mehr. Ssa-damm Ssa-damm. Ssa- damm Ssa-damm. Riesenlöcher, wo Ritzen. Und Riesenlöcherwind. Kinderbeine, hundert oder mehr. Über meinem Kopf und springen, Ssa-damm Ssa-damm, biegen mein Dach. Und jedes Ssa-damm bringt kalte Luft. Zu mir. In mich. Wie Sauger. Eiskalt. Um mich kalte Spinnennetzfetzen.

Arme Spinne ich! Ich schrei aber nicht. Sag nicht: Bitte nicht! Spinnenstill bin ich. Ja. Fliegenlachen und Ssa-damm Ssa-damm und Katastrophe und – nass?

Plötzlich nass im Gesicht.

Ist das Trampolin kaputt?

Nein. Kein Loch nirgends. Wieso dann nass?

Nasses Gesicht.

So was spürt man, wenn es so kalt ist.

Aber wieso nass?

Die Eibe

zählt zu den Nadelbäumen. Sie wurde früher auch Bogenbaum genannt. Das Holz der Eibe weist eine außergewöhnliche Härte und Zähigkeit auf und ist ideal für den Bogenbau. Schon Özi stellte seine Waffen aus diesem Holz her. In späteren Jahrhunderten, als vor allem Langbögen kriegsentscheidend und ganze Armeen damit ausgestattet wurden, hatte man die Eibe in Europa beinahe ausgerottet. Mit der Einführung der Muskete im 17. Jahrhundert reagierte man auf diese Rohstoffknappheit! Die Historiker und Waffenhersteller verkauften den Wechsel zu den Feuerwaffen als technologischen Fortschritt. Tatsächlich war die Muskete aber dem Bogen an Reichweite, Durchschlagskraft und Schussfrequenz noch lange Zeit unterlegen! Es gab aber kaum noch Eiben, deswegen mussten sie sich mit einem schlechteren Ersatz zufriedengeben.

Die immergrüne Eibe ist in ihrer Jugend ein schlankes Ding. Erreicht sie die Geschlechtsreife, je nach Bedingungen geschieht das nach 15 oder nach 70, manchmal sogar erst nach 100 Jahren, wird sie breiter im Wuchs. Die spitze Krone wird dann ei- oder kugelförmig. Es bilden sich weibliche Zapfen aus.

Die roten Samenmäntel sind essbar, die Samen, wie auch Borke, Nadeln und das Holz sind allerdings hochgiftig. Man hat es genau untersucht: 50–100 Gramm Eibennadeln töten einen Menschen, zerkleinert oder gekaut verfünffacht sich die Giftwirkung sogar. Hasen und Pferde sind ungleich empfindlicher, Kühe hingegen widerstandsfähiger. Schafe zeigen kaum, Ziegen gar keine Vergiftungserscheinungen.

Vögel spielen bei der Samenverbreitung eine zentrale Rolle. Sie fressen die Samenfrucht, die giftigen Samen passieren unbeschadet ihren Darm und werden ausgeschieden. So kommt es, dass Eiben selbst an Felsvorsprüngen in großen Höhen wachsen.

Viele Vogelarten und Kleinsäugetiere (vor allem Baumschläfer und Mäuse, aber auch Eichhörnchen, Kaninchen, Feldhasen) ernähren sich von der Eibe oder leben in ihr. Sie locken wiederum zahlreiche Jäger wie Iltisse, Wiesel und Füchse an. Rotwild frisst die Eibentriebe ab, Ziegen, Schafe weiden in der Nähe von Eibenbäumen.

Wirbellose (Insekten, Spinnentiere und Tausendfüßer) sind verhältnismäßig selten auf Eiben zu finden.

Wuchshöhen von über 15 Metern sind die Regel, vereinzelt werden aber auch über 30 Meter gemessen.

Charakteristisch für die Eibe ist die grau-braune, dünne Borke. Ist auch das Holz hart, die Nadeln sind es nicht. Weich und biegsam, mitunter leicht sichelförmig, ansonsten aber gerade, haben sie eine dunklere und glänzende Ober- und eine hellere, stumpfe Unterseite.

Eiben werden sehr alt! Genaue Altersbestimmungen sind nicht möglich, da sich im Alter von 250 Jahren eine Stammfäule ausbildet, die eine exakte Bestimmung verhindert.

Sie sind wahre Überlebenskünstler! Sie überstehen hohe Fröste, Trockenheit, Hitze, gelten als extrem dürreresistent und schattentolerant. Eine hohe Wundheilung zählt ebenso zu den herausragenden Eigenschaften der Eibe. Wird ein Baum entwurzelt, treiben die Äste senkrecht aus, dort, wo sie den Boden berühren, wurzelt der Baum sofort aus und versorgt sich wieder mit Nährstoffen.

Außerdem beherrscht die Eibe vegetative, d. h. die ungeschlechtliche Vermehrung. Die Tochtergeneration unterscheidet sich dann nicht von der Muttergeneration, sie ist ein Klon! Die erwähnte Stammfäule schädigt sie auch nicht, manchmal bilden sich im hohlen Stamm neue Wurzeln.

All diese Eigenschaften führen zu Rekordbäumen. So wird das Alter der ältesten Eibe auf 3000 bis 5000 Jahre geschätzt.

3.1.10

Aber du guckst doch! Ich seh dich doch.

Ich seh, wie du zu mir guckst. Du guckst doch zu mir?

Keine rosa Strickjacke heute?

Drinnen ist es bestimmt warm.

Was?

Genau ... Wozu dann Strickjacke? Braucht man nicht, wenn es drinnen warm ist. Logisch. Bin nicht dumm. Kann ich mir alles vorstellen. Ist bestimmt warm bei dir und die Farbe ist sowieso unwichtig.

Ja.

Guck halt her.

Nur einmal!

Willst nicht gucken? Na warte.

Mach ich dich gucken. Nehm ich 'nen Stein und werfe. Haha.

Guckst du jetzt?

Guckst durch mich durch? Zweimal durch?

Ich hab voll getroffen! Wieso sagst du nix?

Bist du taub?

Ist das ein Lärmschutzfenster? Wie heißt das? Irgendwas mit Akustik. Ich bin kein Bauarbeiter. Woher soll ich das dann wissen?

Aber du siehst mich doch an! Ich seh doch, wie du guckst. Oder siehst du mich einfach nicht!

Träumst du etwa? Siehst nichts, hörst nichts? Taubstumm und blind. Ich weiß doch, dass du reden kannst. Und gucken!

Ich komm schon nicht in deinen Garten.

Keine Angst.

Bleib hier am Tor.

Lass dich in Ruhe.

Privatsphäre und so. Verstehe ich!

Will nur ein Hallo. Nur einen Gruß. Mehr nicht. Will nur, dass du mich siehst. Kurz nur. Ich will –

Ah!

Ja, stimmt.

Ich!

So heißt das Wort.

Ich.

Lustig.

Ich.

Lustich.

Na warte, noch ein Stein!

3.1.11

Am Ende wartet die Eibe.

Ich dachte mir einen großen, prächtigen Baum an markanter Stelle stehend, ein Gewächs, das man einfach nicht übersehen kann, das sich einem in den Blick stellt – an einer Landmarke vielleicht. Ich bin nicht frei von diesem Kitsch.

Marius schlief und starb in einem Baum, in dem man ihn erst Monate später entdeckte. So ein Baum muss doch groß sein, glaubte ich. Dass so ein Baum vor allem unscheinbar sein muss, kam mir nicht in den Sinn.

Ich ging ein trauriges Trottoir entlang, viel grauer Stein wurde hier in deprimierender Regelmäßigkeit verlegt, an dessen Enden nur Kreuzungen warten. Zielstrebig war ich am Ziel vorbeigelatscht, kurz darauf meldete Google Maps meinen Fehler. Mitten auf einem Zebrastreifen drehte ich um und wurde prompt angehupt.

Erst in diesem Augenblick fiel mir auch der rege Verkehr auf. Dann sah ich schon den Verteilerkasten. Ich wusste, dass ein Verteilerkasten unterm Baum steht. Trotzdem war ich dran vorbeigerannt. Nun war alles auf einmal da! Die stark befahrene Straße, die Mauer, der Verteilerkasten, die Eibe, die hinter der Mauer steht – exakt so wurde der Fundort der Leiche beschrieben.

Ein Mann mit Hund tat mir den Gefallen und spazierte die Straße entlang. So muss es auch damals gewesen sein, als man die Leiche entdeckte und die Geschichte ins Rollen geriet: Ein Hund blieb stehen, pisste an den Verteilerkasten, sein Herrchen sah gelangweilt in die Äste hoch und dachte: »Wer stopft denn eine Puppe in einen Baum?«

Hier muss man sich nichts mehr vormachen, es ist alles da. Ich musste mir nur noch einen Marius hinzufantasieren, aber darin hatte ich Übung.

Aus welcher Richtung kam er?, fragte ich mich, sah mich um und –

Ja, diese Frage war so berechnend, wie überflüssig! Stur grübelte ich weiter: Wie ist er hier hochgeklettert? Da ging mir ein Licht auf!

Ich hatte überhaupt keine Lust mehr, irgendwas zu wissen. Ich war hierhergekommen, um festzustellen, dass ich nichts wissen will. Immerhin wusste ich das jetzt.

Ich überlegte noch kurz, ob ich in Gedenken ausharren sollte. Doch bevor ich das entschieden hatte, war ich wieder unterwegs. Ich ging einfach weg. Ohne Worte.

Und was war das?

Es war keine Flucht, glaube ich. Ich wollte diesen Ort hinter mir lassen. Das ist nicht ganz richtig, denn, wie gesagt, es war keine bewusste Entscheidung. Die Füße hatten entschieden. Das war auch keine instinktive Abwehr oder eine schicksalhafte Fügung oder sonst ein mythischer Quatsch. Es war auf bedrückende Art und Weise sinnlos, dort unterm Baum zu stehen und diesen unsinnigen Tod im letzten Detail zu imaginieren. Das hatte ich sofort verstanden, nein, empfunden hatte ich das und war losgegangen. Vielleicht hatte ich auch vor der Erkenntnis Angst, dass damit dieser Roman sinnlos geworden ist? Vielleicht bin ich vor allem davor weggelaufen.

Ab diesem Moment war es nicht mehr wichtig, Marius zu folgen!

Nach ein paar Schritten kam mir ein Gedanke und auch er tut nichts zur Sache, gehört aber doch zu dieser heillosen Geschichte. Ich dachte: Hättest du dort gerne ein paar Tränen vergossen? In ganz anderen und ordinäreren Worten dachte ich das, aber die tun noch weniger zur Sache.

3.2

Sein Atem und die Autoabgase malen weiße Wachsmalstriche in die Luft. Minusgrade.

Da guck! So ist das also! Die Welt geht unter, wird heller und hell. Wird Licht! Sie verschwindet. Und du? Die Welt geht unter und du? Was machst du? Bist hier, schaust zu. Da. Alles weiß. Schau an.

3.3

Ende Januar/Anfang Februar 2016 ist Marius Kohlstetter gestorben. Um seinen siebzehnten Geburtstag herum. Genauer konnten die Leichenbeschauer den Todeszeitpunkt nicht bestimmen.

4
Kommentare

4.1

12. Mai 2016, überregionale Tageszeitung, Lokalteil: Toter im
Baum identifiziert! Gen-Analysen brachten das eindeutige
Ergebnis: Bei der in einem Baum gefundenen Leiche in ...
(wir berichteten) handelt es sich um einen 17-jährigen Jugendlichen, der vor drei Jahren bei einem blutigen Familiendrama lebensgefährlich verletzt worden war. Das teilten
Polizei und Staatsanwaltschaft gestern in einer eigens anbe-
raumten Pressekonferenz mit.

Ein Hundehalter hatte vor zwei Wochen mitten in dem be-
lebten Wohngebiet »eine Puppe« im Geäst einer Eibe in zweieinhalb Metern Höhe entdeckt. Die Feuerwehr barg stattdessen einen mumifizierten und mit Seilen fixierten Leichnam.
Die anschließende Obduktion ergab, dass dies die traurigen
Überreste eines jungen Mannes waren, der Monate zuvor an
selber Stelle wahrscheinlich an Unterkühlung starb.

Genauere Bestimmungen von Todesursache und -zeitpunkt
waren nicht mehr möglich.

Schon bald nach diesem grausigen Fund kam unter An-
wohnern die Vermutung auf, dass es sich beim Toten um den
»Kapuzenjungen« handeln könnte.

Der Junge war im Januar 2014 Zeuge geworden, wie sein
Vater seine Mutter mit 33 Messerstichen tötete. Beim Versuch, dazwischenzugehen, wurde der damals 14-Jährige

schwer verletzt und konnte sich gerade noch in ein Nachbarhaus retten. Das Erlebte überwand der Junge nie. Er kam in ein nahegelegenes Heim, zog sich immer mehr in sich zurück und riss aus. Irgendwann galt der Junge als obdachlos, er schlief regelmäßig in Gartenanlagen und öffentlichen Gebäuden der Umgebung. Wieso er den Baum als Schlafstätte ausgewählt hatte, ist nicht bekannt. Die Seile dienten wahrscheinlich zur Sicherung im Schlaf. Der Tote hatte sich nach Auskunft der Polizei selbst fixiert. Selbstmord wird ausgeschlossen.

Die DNA-Analysen gaben nun den Nachbarn Recht. Beim Toten handelt es sich tatsächlich um besagten »Kapuzenjungen«. Hinweise auf Fremdverschulden gibt es keine. Die Ermittlungen gelten als abgeschlossen.

4.2

Zuständiges Sozialamt zum Fall Marius K.:

– Kein Kommentar! –

Der Sozialamtsleiter hat den zuständigen Mitarbeitern einen Maulkorb erteilt.

4.3

Hagen W., Freund von Marius:

»Er hat mir alles erzählt. Jede Einzelheit. Ich wusste genau, wie es ihm ging. Mehr will ich aber nicht erzählen.«

4.4

Ehemalige Nachbarin Melanie T.:

»Es war schrecklich, ihn anzusehen. Er hatte diesen Blick. Den Blick einer verletzten Seele.«

4.5

Peter T., Polizeibeamter:

»Wenn es ein ganzes Dorf braucht, um ein Kind großzuziehen, und dieses Kind hier auf diese Art leben und sterben muss – was sagt das über das ganze Dorf?«

4.6

Twitterkommentar:

»Es liegt auf der Hand, was Marius gebraucht hätte!«

4.6.1

Die direkte Antwort eines Mitarbeiters des Sozialamts:

»Was? Was liegt hier auf der Hand? Solche Kommentare regen mich auf! Warum schreiben die nicht, WAS es braucht? Diese Wichtigtuer! Man kann ja auch einfach mal den Mund halten!«

4.7

Aus einem Regionalblatt:

Doch M. versteckte sich irgendwo zwischen Erde und Himmel. Lebte in Bäumen, blieb verborgen vor dem Rest der Menschheit. Bis zum Ende.

Baumschläfer

Baumschläfer sind Säugetiere.

Ordnung: Nagetiere

Unterordnung: Hörnchenverwandte

Familie: Bilche

Unterfamilie: Leithiinae

Gattung: Baumschläfer

Art: Baumschläfer

Wissenschaftlicher Name: Dryomys nitedula

4.8

Leserbrief:

Kaum handelt es sich um einen deutschen Täter, erfahren wir jedes unschöne Detail. Dabei findet so was vor allem in Familien mit Migrationshintergrund statt. Aber in diesen Fällen ist die Berichterstattung dann seltsamerweise immer lückenhaft, wenn überhaupt darüber berichtet wird. Kaum trifft es uns, stehen wir am Pranger! Wieso? Wir kennen die Antwort ... Aber auch das darf man ja nicht mehr sagen.

4.9

Eintrag im Kondolenzbuch:

»Gott freut sich über einen Engel mehr!«

4.10

Nele K., Klassenkameradin:

»Weiß nicht. Manchmal ist es – also nicht besser –, aber vielleicht trotzdem besser so? Doch besser. Es tut mir ja auch leid. Klar ist das Scheiße! Alles. Ich find's total traurig. Aber vielleicht ist es auch einfach besser so. Was weiß ich …«

4.11

BLÖD-Zeitung, 14.5.2017:

»Das verlorene Leben des M. (17). Stadt zahlt Begräbnis für Jungen aus dem Baum«

4.12

Schlagabtausch auf Twitter:

»Eine arme Sau weniger!«

»Du redest von einem Menschen!!«

»Was soll die Heulerei?«

»Verdammte Wortpolizei! Darf ich in meinem eigenen Land nicht mal mehr trauern, wie mir der Schnabel gewachsen ist?!«

»Genau: Einer weniger!«

»Wer fragt nach mir? Niemand!«

»Haste dich mal gefragt, warum niemand nach dir fragt?«

»Ausländerfotze!«

»Ich bin kein Ausländer!«

»Aber eine Fotze!«

»Armes Deutschland!!!!!«

4.13

Ein Verwandter:

»Wir wollten helfen, aber wir kamen nicht an ihn ran. Es war auch irgendwie so, als wollte niemand, dass wir helfen. Also Polizei und so. Da hab ich mir gedacht, ich lass es lieber sein. Wenn niemand will.«

4.14

Aus einer Illustrierten:

»Wer Marius besuchen will, findet ihn auf einem städtischen Friedhof hinter Buchsbaumhecken direkt neben einer Aussegnungshalle aus kaltem Beton. Letzter Abschnitt, hinterste Reihe.

Ein Grab wie viele andere, mit Geranien begrenzt, es ist bestimmt schön hier im Sommer. Ein schwarzer Grabstein in Herzform, darauf nur: Marius. Dahinter ein zweiter Stein, auch schwarz und ein Name. Es ist der Name seiner Mutter. Er ist nicht mehr allein. Das ist der einzige Trost.«

4.15

Anwohnerin:

»Zuerst kam mir das bedrohlich vor. Damals dachte ich nur, wieso macht er das? Aber heute weiß ich, dass es ein Hilferuf war. Die Steine – das war seine Art zu sagen: Red mit mir! Ich dachte aber nur: Wieso bewirft der mich, mein Fenster? Was hab ich ihm denn getan? Hab ja nichts getan. Heute weiß ich es besser.«

4.16

Anonym:

»Er hat's allen gezeigt!«

Nachwort

Den Leserinnen und Lesern wird aufgefallen sein, dass Baumschläfer eine reale Geschichte nacherzählt. Im Jahr 2017 berichteten zahlreiche Publikationen über »Mark« aus Mönchengladbach-Rheindahlen. Ich hatte eine Reportage gelesen und augenblicklich gewusst, dass ich ein Buch über diesen Jungen schreiben werde. Ich hielt mich recht genau an den Ablauf und die Begebenheiten, wie in den Artikeln beschrieben, und doch änderte ich alle Namen (wobei ich bis heute nicht weiß, ob »Mark« der Klarname ist oder ein Pseudonym, auf das sich die Medien geeinigt hatten).

Es gibt viele Gründe, warum ich die Namen änderte, doch der wichtigste ist schnell erzählt: Ich schreibe Fiktion. Ich habe mir ein Leben und einen Tod zurechtgelegt. Ich will niemandem gerecht werden, kann das nicht und habe das auch noch nie versucht.

Christian Duda

Editorischer Hinweis zu Quellen und Zitaten:
Alle im Buch vorkommenden Pressezitate wurden verändert und
basieren nur lose auf ebensolchen Meldungen und Aussagen zum Fall
Mark und ähnlichen Fällen.
Das dem Text vorangestelle Zitat stammt aus Samuel Beckett,
»Warten auf Godot«, in der deutschen Übertragung von Elmar
Tophoven. © Suhrkamp Verlag.
Das im Kapitel 1.3.4 in Auszügen zitierte Gedicht stammt von Hans
Manz und trägt den Titel »Christian«. © Hans Manz

Dieses Buch ist erhältlich als:
ISBN 978-3-407-75685-5 Print
ISBN 978-3-407-75686-2 E-Book (EPUB)

Weitere Informationen zu unseren Autor_innen und Titeln
finden Sie unter: www.beltz.de

»Dear Mr. Ali please come and fight my father«

Christian Duda

Gar nichts von allem

Roman

ab 11
Mit Illustrationen von Julia Friese
Broschiert, 160 Seiten (78995)
E-Book (74747)

Magdi ist glühender Fan des Boxers Mohammed Ali. Denn Ali ist stark, fair und einfach unbesiegbar. Ganz anders als Vater. Der buckelt nach oben und tritt nach unten. Unten, da stehen Magdi und seine drei Geschwister. Und Mutter. Was den arabischen Vater und die deutsche Mutter eint, ist der Wille, bloß nicht unangenehm aufzufallen. Deshalb müssen Magdi und seine Geschwister besser sein als andere Kinder. Und wenn sie nicht besser sind, hilft Vater nach.

»Ein Buch, ein Juwel!« *Eselsohr*

»Authentisch, autobiografisch, außergewöhnlich.«
ekz.bibliotheksservice

www.beltz.de

Weiß wie Schnee, rot wie Blut

Christian Duda

Milchgesicht

Roman

ab 16
Gebunden, 159 Seiten (75543)
E-Book (75570)

Schon als Sepp geboren wird, ist er anders. Zu weich, zu feinsinnig, zu bedürftig für das raue Dorfleben. Die Menschen hier sind von harter Arbeit gezeichnet, ihr Herz ist zerfurcht wie der Acker. Für Sepp, der die Farben der Blumen liebt und sich selbst das Schreiben beibringt, bleibt nur eine einzige Rolle – die des Außenseiters.

»Eine aufrüttelnde Geschichte aus Familiendokumenten zusammengetragen und montiert wie ein Mosaik.« 3sat Kulturzeit

Die besten 7 Bücher für junge Leser

www.beltz.de